Undine Gruenter

Das Versteck des Minotauros

Roman

- Moderne / Postmoderne
- Dichter → Gegner Surrealismus

Carl Hanser Verlag

1 2 3 4 5 05 04 03 02 01

ISBN 3-446-20100-9

Umschlag: nach einem Entwurf von Klaus Detjen
unter Verwendung der Zeichnung von Pablo Picasso
»Trinkgelage des Minotaurus«, 1933,
Paris, Musée Picasso © Succession Picasso/
VG Bild-Kunst, Bonn 2001
Satz: Filmsatz Schröter GmbH, München
Druck und Bindung: Friedrich Pustet, Regensburg
Printed in Germany

Im Glaskasten, der im Flur an der Wand neben der Loge der Concierge hing, war am 9. des Monats ein seltsamer Anschlag zu lesen, der alle Bewohner in Unruhe versetzte. Sie waren gewohnt, kaum einen Blick auf diesen Glaskasten zu werfen, es hingen meist veraltete – verstaubte und vergilbte – Meldungen dort: ob die Müllabfuhr ihre Zeit gewechselt hatte, wann das Syndikat das nächste Mal tage, um über die Gartenbeleuchtung oder die Beschneidung der Bäume zu beraten, ob ein Hundebesitzer die Regeln der Sauberkeit übertreten habe oder daß für alle Bewohner ein Fest auf der Rampe zum Boulevard stattfände, mit Lampions, langen Tischen und Musik. Die Liste ließe sich beliebig verlängern: daß Fußball-Spielen im mittleren Hof verboten sei, Taubenfüttern nicht erwünscht und Platten-Musik bei geöffneten Fenstern. Beliebig verlängern – nur diesmal hatte der Anschlag ein so bedrohlich aktuelles Aussehen, als rückte die Feuerwehr im nächsten Augenblick an und als müßten die Bewohner sofort die Zufahrt zum großen Tor freihalten. Der sonst so stille Korridor, der am Ende in eine Treppe zum höher gelegenen Hinterhof mündete, eine Treppe mit rot lackiertem Geländer, hätte nun seit Stunden das Geräusch von scharrenden Schritten verzeichnen können, von erstaunten Ausrufen und amüsiertem Gelächter. Die Schritte scharrten auf einem für die fünfziger Jahre von Montmartre typischen Steinboden, einem Patchwork aus bunten Kachelsplittern, und der dunkelrote Lack wiederholte sich in der Farbe der Tür und der Täfelung und gab dem einfachen Hauseingang mit der mittags geschlossenen Loge, dem Elektrizitätszähler und den Briefkästen einen eleganten Anstrich. Im Glaskasten stand zu lesen:

Miniaturen,
Minotauren

Die Legende behauptet es, doch es war nicht Minotauros, der das Monstrum war. Im Labyrinth wurde ein Miniatur-Stier gefangengehalten. Das Monstrum war Minos. (Minos, der wegen seiner Gerechtigkeit im Hades das Amt eines Totenrichters verwaltete.) Er zog gegen Athen und verlangte als Siegestribut jährlich die Blüte, sieben Knaben und sieben Mädchen. Dezimierung der Blüte, die Athen ausbluten ließ. Er forderte sie als Fraß für den Stier. Der Stier war die Ausgeburt seiner Frau, entsprungen einer Passion für einen dem Meer entstiegenen Stier, ein Geschenk des Poseidon. Daedalos baute das kretische Labyrinth und einen Kuh-Körper für Pasiphaë. Als Kuh empfing sie Minotauros von ihrem Geliebten, und Minos, der König, sperrte ihn ins Gefängnis. Stier oder Schwan oder Hund – in ihrer Gestalt nähern sich Götter den Sterblichen, die mit Sterblichen ihre Wünsche nicht länger teilen. Das Monstrum, das solcher Verbindung zuweilen entspringt: das bête muß erlöst werden. Eine Variation des Mythos sagt, Minotauros sei von Gestalt halb Mensch, halb Stier gewesen. Der Stiefvater Minos machte ihn zum Moloch, der die athenischen Menschenopfer verschlingen mußte. So hätte der Menschen-Anteil sein eigenes Geschlecht gefressen.

Im Labyrinth herrschte Zeitlosigkeit. Doch die Garnrolle Ariadnes verkörperte Strecke und Zeit, nicht den labyrinthischen Kreis ewiger

Wiederholung. Faden – Erfindung und Moderne, Zeitpfeil und Strecke. Ariadne holte Minotauros aus seinem Verlies. Den ausgesetzten Bastard. Der kleine Stier fraß ihr aus der Hand. Kein Menschenblut schändete länger sein Maul. Der treulose Theseus, dem vor Angst vor dem Labyrinth die Knie geschlottert hatten, kehrte allein nach Athen zurück, die vierzehn Knaben und Mädchen im Schlepptau, unversehrt. Daß nicht er, sondern Ariadne sie befreit hatte, behielt er für sich. Er habe den Stier getötet – doch Ariadne sei seither verschollen. Mit Fackeln hätten sie das ganze Labyrinth durchsucht – vielleicht habe ein Gott sie entführt anstelle des Stieres, der ihm einst hätte geopfert werden müssen. Ariadne, entführtes Opfer wie Iphigenie. Entführt, weil Minos das Stieropfer für Poseidon verweigerte? Die Götter rächen sich für den Ungehorsam – Minos, König von Kreta, verlor seine Frau an einen wahnsinnigen Stier, verlor seine Tochter an ihren Halbbruder Minotauros. Für die Athener war sie verschollen, für Kreta abtrünnig und Verräterin.
Dadalos, der Familienretter – baute der Frau die Kuhgestalt und dem betrogenen Mann das Labyrinth und floh mit Ikaros. Er konnte nicht noch einmal helfen.
Später wurde Ariadne auf Naxos gesichtet, abgesetzt im Vergessen. Theseus habe sie dort vergessen, die junge Geliebte, auf der Heimreise nach Athen. Doch nach einer neuen Version war sie mit Schiffern, die Minotauros auf einem nahen Markt verkaufen wollten, übergesetzt auf ihre Insel und hatte den Stier wieder vertauscht und gerettet: ein genaueres Auge hätte ihn über-

all unter seinesgleichen erkannt, denn er hatte das Miniatur-Minotauros-Zeichen und wurde nicht groß – Stierkämpfer hätten zu späteren Zeiten nur zu *novilladas* mit ihm antreten können. Er behielt seinen niedlichen jungen Körper, grazile Hufe, den Körper eines dreijährigen Stieres, schwarzglänzend. Sie versteckte ihn einige Jahre unter der Herde von jungen Stieren, sie wurden größer – aber die Schiffer, die Händler waren verschwunden.

Und sie – wusch wie Nausikaa ihre Wäsche im Meer, empfing nicht nur Dionysos, den Geliebten, sondern auch Odysseus, Nestor, Telemach, den, der über die Meere irrte, die anderen, die ihn suchten über die Meere. Sie empfing Aragon, der eine Satire, Richard Strauß, der eine mondäne Gesellschaftsoper darüber schrieb. Sie empfing Psychoanalytiker, Labyrinthforscher und eine Gruppe von Poeten, die den Mythos aktualisieren wollten und behaupteten, nach fernöstlichen Weisheiten sei die Reise das Ziel: der labyrinthische Faden. Immer unterwegs? Doch die Geschichte war auf begrenzte Strecke, Etappen, Reise und Tötung des Molochs als Ziel angelegt. Die *Ganzheit* der Geschichte war eine Erfindung der Menschen – wenn überhaupt waren nur Anfang und Ende festgelegt. Mit einer einzigen Garnrolle konnte kein Mensch zurückholen, was abwesend war: keine Insel der Herkunft, kein Labyrinth ging ins Garn einer Erzählung.

Immer unterwegs? Ariadne hatte ihr Ziel gefunden. Ohne den schlotternden Helden Theseus, mit einem verängstigten Tier, das dachte, es müsse die Athener fressen. Friß lieber Gras,

sagte sie, ich habe drei Säcke, drei Weiden mitgebracht. Und er roch die Natur seiner Herkunft und fraß. Die Wirklichkeit war kein Paradies, in dem man Bestien hätte zähmen können. Aber ein bißchen Erfindung – das Gras und die guten Worte und die Garnrolle, in viele Stücke zerschnipselt. Und Dionysos – der Erwartete? Der die Vergessene tröstete?
Auf einer Insel lebt es sich spekulativ. Der Stier war gerettet, der Ariadne-Mythos in viele Schnipsel variiert, Minotauros wurde nie älter und blieb ihr Gefährte. Auf einer Insel lebt es sich spekulativ. Wer wie Leiris sagt, daß Literatur *ernst* sein müsse wie der Kampf des Toreros mit einem Stier, keine kleine Miniatur-Pirouette, der wisse, daß auch *Mannesalter*, Autobiographie, aus tausend Schnipseln besteht, Garnstücken, Fragmenten, nicht aus der ganzen Rolle. Auf einer Insel lebt es sich spekulativ. Es folgen dionysische Gelage und *Miniaturen*. Miniaturen über ein Nichts, einen Hauch, ein Blatt im Wind, das Horn eines Stiers, das ein Loch bohrt ins Kleine, Geringe, ins Nichts.

Vielleicht war es dies Kennzeichen N° 1, das die Leser unruhig machte. Schien der Text doch nicht geeignet, als Fortsetzungsroman in einer Hausrevue zu erscheinen, und sorgte die Präsidentin des Syndikats sonst für strenges Nachrichtenreglement ... vergilbt, verstaubt, veraltet ... Sie witterten einen Akt der Anarchie, die Bewohner, sie steckten die Köpfe zusammen und überlegten, welch jugendlicher Übeltäter diesen Text verbrochen haben konnte. Sie wußten, es gab einen, im Pavillon des Platanes, der äußerte seinen Unmut über die bourgeoisen Zustände dieser *Cité*

– Gebäudekomplex mit ungefähr 380 Einwohnern, drei Ausgängen, sechs Hauptgebäuden, zahllosen Ateliers und Pavillons, Gärten, Höfen und Treppen –, indem er wochenlang seine Kippen aus dem Fenster im 3. Stock auf den Weg warf. Dann gab es den im Pavillon des Terrasses, der einen jungen homosexuellen Verkäufer von der Porte de Clichy aufgenommen hatte und sich mit ihm so leidenschaftliche Szenen mit Verwünschungen und Geschrei lieferte, daß die ganze Umgebung daran teilnahm und froh war, wenn es auch diesmal ohne Messerstecherei abgegangen war. Dann gab es den, der seit Wochen zu Hause rumsaß und seine Miete nicht mehr bezahlte, und den, der sich nachts gegen vier Uhr so lauthals in seiner Küche Spiegeleier briet, daß die alte Rentnerin von nebenan schon zwei Mal die Polizei geholt hatte. Und dann die japanischen Nachbarn, im Labyrinth eines Nachbarhofes, das nicht zur Cité gehörte. Sie hielten Hühner im Hof und einen Schäferhund und brachen zwei Mal im Jahr in eine nächtliche Orgie aus zur Feier einer alten japanischen Gottheit. Das Syndikat hatte seit Monaten Nachforschungen angestellt, um dies Treiben und Lärmen mit Bürgermeister, Polizei und Anwalt abzuschalten. Vielleicht hatten sie sich einen Spaß leisten wollen und den Glaskasten mit diesem Blatt Papier ausgestopft und besetzt. Ein Papier, kein amtliches, das die Bewohner, wie so häufig das Unerklärliche und Phantastische, in eine kriminalistische Stimmung versetzte.

Im Labyrinth gab es – erkennbar – kein Wachpersonal. Das nirgends sichtbare Ungeheuer schien zu genügen, um Fremden die Lust auf einen Spaziergang zu nehmen. Der Code, der die Tore elektronisch öffnete, schien zu genügen, um dem Ungeheuer die Lust auf einen Spaziergang in der Außenwelt zu nehmen – er wechselte jährlich und wurde den Bewohnern der *Cité* wie die Geheimzahl einer Kreditkarte in Briefen zugesandt.

Das Labyrinth gab sich idyllisch – keine fensterlosen Schachtelräume, keine Gefängnis-Gänge, keine lichtlosen Schächte, keine Treppen-Verirrungen und Verwirrungen. Vielleicht verschwanden Menschen hier, aber wenn, dann verschwanden sie so gründlich, daß nicht einmal die Pariser Polizei Menschenhandel wie in der Unterwelt der Goutte d'Or vermutete – hübsche Mädchen, die, von der Straße weg ins Labyrinth der Rue Myrha gelockt, zwei Tage später in einem Harem in Nordafrika aufwachten.

Das Labyrinth: es war keiner jener letzten innerhalb des Pariser Rings noch existierenden Kieze, wie zum Beispiel im Osten der undurchsichtige, düstere Gebäude-Moloch aus alten Arbeiter-Mietskasernen, Höfen und Treppenaufgängen zwischen der Rue Saint-Fargeau, Pelleport, Ménilmontant und Villiers de l'Isle Adam. Ein romantisch veranlagter Schriftsteller zöge aus diesem Kiez mit den Wäscheleinen vor den Küchenfenstern, den fußball-spielenden schwarzen Kindern und den Motorrad-Wracks eine letzte Inspiration über Dunkel, Großstadt-Architektur und Gewalt.

Das Labyrinth: es war keine jener unter dem noblen Namen *Résidence* bekannte Ansammlung von Appartementhäusern, wie sie im Westen und im reichen Neuilly zu finden sind. Sandstein-Architektur der 50er Jahre mit Panorama-Fenstern und genormten Balkonen, funktionalen Hallen und sterilen Innenhöfen, in denen eine Garnitur Ledersessel, ein paar Grünpflanzen, Rasen und Bosquet und nie ein Mensch zu sehen war.

Doch wenn zum Labyrinth-Raum die Leere gehört (im Irrgarten von Knossos, im Hotel von Kubricks *Shining*, in den *Carceri* von Piranesi), so sind die Labyrinthe, oberirdisch und unterirdisch, die bevölkert sind, übervölkert sogar, auch wenn dort Menschen von der Erdoberfläche verschwinden, ihr Gegenstück. Das Labyrinth der *Cité des Platanes* hatte sein finsteres Gegenstück einen Vogelruf weit entfernt, direkt hinter der Mauer, die es von der Cité trennte: zwischen dem

Boulevard de Clichy, der Place Pigalle, der Rue Véron und der Rue Germain Pilon (in der die Strichmädchen ihre *Résidence*, ihren Laden zum Tätowieren und ihren Händler mit Kartoffeln und Butan-Gasflaschen hatten). Kein bürgerlicher Bewohner dieser Straßen wagte sich in diese endlos hintereinander gestaffelten Kulissen von unbewohnbaren und noch bewohnten Häusern, Tordurchgängen, Balken, die quer über die Gassen die Mauern vorm Einsturz bewahrten, herabhängenden Elektrizitätsleitungen und herausgebrochenen Fenstern und Türen. Wenn das Wort Labyrinth von dem griechischen Wort *Doppelaxt* abstammt (labrys), so erschien dieses Wort in diesem architektonischen Slum in der Baufälligkeit der kreuzweise über den Wegen gestaffelten Balken, für die der Schlag einer Axt nicht mehr nötig war, um sie zum Einsturz zu bringen, und der einer Doppelaxt nie genügen würde. Wenn das Wort Labyrinth sich der mythischen Palast-Anlage in Kreta unter Minos verdankt, so gilt es gleichermaßen für Palast und Irrgarten. Minos schloß jährlich vierzehn Jungfrauen und Jünglinge ins Labyrinth, die ihm als Tribut für den Mord an seinem in Attika ermordeten Sohn Androgeos ausgehändigt wurden. Die in den Feind verliebte Tochter des Minos und Schwester des Minotauros, Ariadne, schenkt Theseus das Knäuel, an dessen Faden er mit dem athenischen Menschentribut den Weg zurückfindet. (Es heißt, Minotauros sei im Zweikampf mit Theseus gefallen. Doch vielleicht befreite der Faden der Ariadne auch ihn, und er verließ mit dem Schiff des Theseus die Insel Kreta und war ein Begleiter der schutzlosen Ariadne, als Theseus die Geliebte verstieß, verließ, aussetzte, auf einer anderen Insel, aussetzte dem Schlaf und Vergessen.)

Das Labyrinth der Cité war eine riesige quadratische Anlage zwischen Boulevard de Clichy, Rue Lepic und Rue Véron. Die hohen siebenstöckigen Gebäude, die die Anlage bildeten, waren in der zweiten Hälfte des vorletzten Jahrhunderts gebaut und zeigten mit sandsteinweißen Säulen und Portalverzierungen einen opernhaften Willen zur Repräsentanz, die sich vielleicht ein damaliger Warenhausbesitzer ausgedacht hatte, dem der Amüsierbetrieb am Fuß von Montmartre lukrativ genug erschien, um reiche Kurtisanen, zwielichtige Zeitungsredakteure und biedere Bankangestellte anzulocken. Die heutige soziale Realität mochte weniger anrüchigen Halbwelt-Charakter haben, es blieb die Legende, daß eine Geliebte Napoleons III. in einem der Pavillon genannten Häuser inmitten der Anlage residiert habe, im Pavillon des Tilleuls, dessen Giebel klassizistisch war wie der eines griechischen Tempels. Längst war es kein Ort mehr für reiche Leute mit dubiosen Vermögen, es waren Mieter oder Käufer, die sich die Zwei-, Drei- oder Vierzimmer-Wohnungen gerade leisten konnten, und längst hallte die prächtige Auffahrt nicht mehr wider vom Klappern der Pferdehufe und Rollen der Wagenräder. Die Privatgärten blieben verschlossen unter notdürftigster Obhut des Syndikats, da kaum noch ein Käufer sich fand, der den Garten zum Appartement übernahm, und überall waren die Brunnen seit langem abgestellt wie surrealistische Stimmen. Das Gelände zog sich den Hügel herab in vielen Abstufungen, Treppen, Terrassen, verzweigten Wegen, und zwischen den hohen Bâtiments, die das Quarrée bildeten, lagen anmutige Atelierhäuser mit veronesischem rosa Pastellanstrich und größere Pavillons mit Jugendstil-Glasüberdachungen über den Türen und poetischen Namen – Tilleul, Acacia, Trône, Platane, Érable, Chêne. Nirgends sah man ängstliche Geiseln, zusammengetrieben, um alsbald vom Ungeheuer gefressen zu werden – vom Moloch des Geldes, der Baupolitik oder der Sensations-Presse –, man sah vielmehr junge Mütter, die die Gebäude als malerischen Hintergrund nutzten für ihre photographischen Souvenirs *Mutter mit Kind*, und Individualisten, die sich mit scheuen Blicken eingeschlichen hatten und umsahen. Ein Eldorado der Ruhe und auch der *Leere*, denn die wenigen Passanten verliefen sich so, daß sie wie hininszeniert wirkten. Obwohl die Einwohner an die 400 zählten, obwohl täglich Lieferanten, Besucher, Arbeiter kamen, die Reparaturen ausführten am Rohrsystem, an den Dächern, dem weichen Stein der ewig bröckelnden Balustraden, man sah kaum jemand im Labyrinth, jeder schien blitzschnell durch einen der drei Ausgänge zu verschwinden. Verschluckt, im riesigen, mit Bäumen bepflanzten Maul dieser Anlage.

Nur die Bewohner wußten, daß es unterirdisch ein Labyrinth von Kellern gab, die durch Gänge so miteinander verbunden waren, daß man die zwei Kilometer vom höchstgelegenen Gebäude bis zum tiefsten zurücklegen konnte, ohne ans Tageslicht auftauchen zu müssen. In unheroischen Zeiten lagen sie brach, ein paar wenige hatten sie ausbauen lassen und lagerten ihre Weine dort oder alte Revuen. Aber in politischen Notzeiten boten die Kellergänge Versteck, Schlupfwinkel und Flucht vor der Verfolgung von Kommissaren, Präfekten oder Militärs. Das Gegenstück zum unterirdischen fand sich unterm Dach: Windungen von Stiegen, Verschlägen, Dachzimmern für Personal und Studenten. Schon das Hinaufkommen war so halsbrecherisch, daß es Ungeübten keine Chance bot.

Die Grenze zwischen dem Norden (der mit einem Pavillon du Midi anfing) und dem Süden verlief durch ein quer gestelltes Mittelhaus im Stil der Randgebäude. Man durchquerte es von Tür zu Tür durch einen langen Gang, eine finstere, schaurige, lautlose Öde, ein breiter, kaum beleuchteter Korridor, von dem steile, enge, im Dämmer sich windende Treppen abzweigten, im wahrsten Sinn des Wortes ein »Durchgang« von einer Welt zur anderen durch eine Schattenwelt. Es gab diese Schatten –, diese Flucht- und Versteck-Zonen, und draußen wieder die Gärten, geschlossene, private mit eisernen Stühlen und Tischen, ein öffentlicher mit Sandkasten für kleine Kinder und Bänken für die

Mütter; es gab eine Freitreppe, die doppelflügelig in einen Absatz mündete, auf dem lebensgroße Statuen schwarzer Göttinnen zwei Fackeln trugen; es gab die Geranientöpfe vor Küchenfenstern, alte Pflastersteine neben Betonwegen, alte Laternen, die am Abend das ganze Gelände in das nostalgische Licht des vorletzten Jahrhunderts tauchten. Und es gab eine Concierge, in der sich vielleicht die Figur der Ariadne versteckte, wenn sie den meterlangen Schlauch aufrollte und überall an Mauern und auf Wegen den Schmutz wegspülte, die Hundepisse und die Gifte der Desinfektion, die verrückte Bewohner auslegten, um die streunenden Katzen, angeleinten Hunde und fliegenden Vögel zu vertreiben.

Am Wasserfaden kamen sie wieder. Im Glaskasten fand sich ein neuer Anschlag.

N° 2

Verirrter Pinguin

Ein Pinguin, der aus Guinea stammte, verirrte sich in eine deutsche Dachstube. In der Dachstube wohnte ein armer Poet, der nichts besaß außer einer Herde von *Negern*, die für ihn schrieben. Er glich alle Texte, die er für ein paar Pfennige erhielt, dem gleichen Stil an – diese Methode hatte im Amerika der 40er Jahre Mode gemacht mit der Serie, die sich *Black Mask* nannte und in billigen Heftchen Kriminalstories vertrieb. Sie waren von verschiedenen Autoren geschrieben, schienen aber alle aus derselben Maschine zu stammen. Das heißt: als Poet war er arm, als Dompteur von armen Negern hatte er sein Auskommen. Die Neger verdienten ein paar Pfennige in ihrer Freizeit mit ihren authentischen Lebensgeschichten als

Kellner, Hausfrau, Killer, Zuhälter, Call-Girl, Elektriker, Schwuler, Sensationsreporter, Autoschlosser, Barmädchen, Schaffner, Gefängniswärter, Psychiatrisierter, Lehrerin, Nacht-Club-Tänzerin, Hundezüchterin, Krankenschwester undsoweiter. Auch seine Serie lief unter Pseudonymen, doch so lange die Gesellschaft süchtig blieb nach authentischen Geschichten, hatte sie Hochkonjunktur. Die Autoren erfuhren nie, daß ihre Geschichten eine Goldgrube waren, und so besaß keiner Pokale, Urkunden, Photos, Zeichen seines kurzen Ruhmes.
Der Pinguin hatte sich verirrt, und der Dachbewohner hatte eine Vorliebe für Zootiere, vor allem, wenn sie sich durch seine Gedichte bewegten. Er legte dem Pinguin eine Insel an, ein künstliches Gewässer drumherum, und lauschte seinen Simulationen. Pinguine sind die geselligsten Tiere der Welt. Sind sie plötzlich allein, imitieren sie die Stimmen anderer Pinguine und schnattern sich ununterbrochen Anekdoten aus ihrem Leben vor. Authentizität auf *Penguin Art*? Nein – denn obwohl der Poet die Anekdoten verstand, war Pinguinesisch doch eine Fremdsprache. Und laut Gilles Deleuze traktiert ein literarischer Autor die eigene als Fremdsprache. Authentizität dagegen verbürgt sich durch Alltagssprache.
Metamorphose in der Dachstube. Der Dichter vergaß seine Neger, seinen Korrektor-Beruf, authentische Geschichten interessierten ihn nur noch in *Fremdsprachen*. So wurde der Pinguin der poetische Mentor in Prosa. Der ausgewachsene Dichter wurde zum Prosaisten. Doch die Schleifspur, die Spur der geschliffenen Texte

schlug wieder durch. Die Tonbandaufnahmen der Prosa des Pinguins waren poetisch – der Dichter aber zog sie, die Schleifspur seiner geglätteten Neger, durch seine eigene Prosa. Der Lehrmeister und sein Schüler – sie produzierten *Penguin Books.* Ob wohl in jedem Pinguin ein Lehrmeister steckt? Dichter aller Länder, schlagt die Arme zusammen, freudig, erwartungsvoll, fangt an zu schnattern, engagiert Pinguine aus Neu-Guinea und – es regnet Guinees.

Vergessen hatten alle, die sich darauf versteiften, daß die unsinnigen Texte von unerzogenen Jugendlichen verfaßt worden waren, um den Glaskasten um seine Nachrichtenfunktion zu bringen, vergessen hatten sie den kindlichen und anarchischen Leichtsinn mancher Künstler, die die Atelierhäuser und gläsernen Ateliers im 7. Stock der Bâtiments bevölkerten. Die Präsidentin des Syndikats entfernte die Geschichte, pinnte mit vier Reißzwecken eine neue Meldung an und verschloß den Kasten sorgfältig. Die Bewohner der Cité zeigten sich recht humorlos. Es interessierte sie einzig, wann die Täter Gelegenheit hatten, mit einem Nachschlüssel den Kasten zu öffnen und eine neue Geschichte anzubringen. Nirgends gab es einen selbstverliebten Hinweis auf die Täter und ihre Absichten. Nirgends fand sich ein anarchisches Programm oder ein Motto wie *Phantasie an die Macht* an eine Mauer gesprayt. Und zwei Stunden später hing bereits, durch Zauberhand hineingeschmuggelt, ein neuer Text da: es war Mittag, und die Concierge hatte ihre Loge nicht verlassen, die von 12 bis 14 Uhr geschlossen war.

N° 3

Amsel auf Reisen

Früh gegen Morgen, als die Dämmerung den Himmel rosig färbte, flog die Amsel durch den Horizont. Sie durchflog ihn unmerklich und war plötzlich, nur daß sie dieses *plötzlich* nicht *von einer Sekunde zur anderen* genannt hätte, auf der südlichen Hemisphäre angelangt, in der Gegend von Buenos Aires. Amseln sind keine Zugvögel; sind keine chinesischen Nachtigallen, die über Nacht übers Meer fliegen, um einem Unglücklichen das von der grausamen Geliebten geforderte Liebespfand zu überbringen, eine Rose aus einem persischen Garten; sind keine Lerchen, die im Frühling aus den Furchen der gesäten Felder aufsteigen und den Bauern, den Königen und Liebenden das Jahr prophezeien. Amseln singen in Hinterhöfen, in Parks und Alleen der großen Städte. Ihr Gesang ist nichts Spektakuläreres als ein paar Töne, die den Passanten den Abend ansagen. Den Passanten, die es noch hören auf ihrem Weg nach … Hause, ins Café, zu einer Verabredung. Doch jetzt war Morgen, auch in Buenos Aires, und von Zeitverschiebung hatte die Amsel noch nie etwas gehört. War die Zeit rückwärts oder vorwärts dieselbe – Aurora, Morgenröten-Zeit? Sie setzte sich auf die Große Uhr über dem Giebel einer öffentlichen Bibliothek und betrachtete das frühe Treiben auf dem Platz. Ein Bibliothekar kam die breiten Stufen herauf, er schwang sein Stöckchen durch die Morgenluft und sah einem späteren Doppelgänger ähnlich, dem blinden Borges. Das Land lag noch unter der hauchfeinen

Glasglocke der Diktatur. Er sah die Amsel, grüßte sie und löste seine Uhr aus der Weste. Bring sie zurück, sagte er, dorthin, wo die Uhren noch schlagen.
Die Amsel pflückte die Uhr von der Kette, und wenn sie je zurückgekehrt ist – über den Horizont –, hängt sie im winterlichen Ast eines Baumes in einem Flüchtlingslager.

Nur einer hatte den Pavillon du Midi durch den nördlichen Hofeingang betreten, war die rotlackierte Treppe herabgestiegen, hatte der Concierge ein Zettelchen durch den Türschlitz geworfen mit der Nachricht, in seinem Haus müsse eine Sicherung ausgewechselt werden, und hatte das Haus verlassen in Richtung zu seinem Atelier. Es war der etwa fünfzigjährige Übersetzer und Schriftsteller Luis Gonzáles, der seit Jahren eines der rosa Atelierhäuser bewohnte. Es hieß Pavillon des Erables, und nur ein deutschsprachiger Bewohner konnte das Horn im Wort Ahorn mit dem Horn des Stiers verbinden. Er war ein guter Gärtner, in seinem schattigen Garten gediehen sogar Orangenbäumchen. Im Sommer hatte er oft Gäste, die er an einem Tisch unter einer Weinlaube bewirtete. Allgemein bewunderte man seine dunkelroten Hibiskussträucher und sein *Bœuf à la mode*. Er sammelte – epochal ein wenig verspätet – afrikanische Kunst, in seinem Haus fanden sich noch auf jedem der zahlreichen Treppenabsätze Tierskulpturen, besonders Vogelgötter, Menschen mit Stiermasken und geflügelte Elephanten (die fächerförmigen Ohren waren plissierte Flügel). Er war der einzige, der vergnügt in sich hineinlachte und die Texte, die so schnell wie ein Delikt entfernt worden waren, zu lesen wünschte. Er sei, mit spanischen Vorfahren, die es bis nach Kreta und Algerien verschlagen hatte, ein Geistesverwandter des verrückten Regisseurs Luis Buñuel und wittere in dem Täter eher einen Künstler-Verbrecher als einen Bubenstreicher. Er wolle die Rolle des Hausdetektivs gerne übernehmen. Man brachte ihm eine Kopie des Textes, über seinen Auftrag als Detektiv ließ man nichts verlauten – vielleicht mißtraute man Künstlern, die keine Bohème-Familienväter waren oder leichte Mädchen als Geliebte hatten. Junggesellen wie er – célibataires – vertraten einen verdächtigen Stand, vielleicht war er homosexuell, aber immerhin hatte er genügend Geld, um zu privatisieren. Wäre je einer auf die Idee gekommen, einen Blick in eins seiner Bücher zu werfen, hätte er interessante Spekulationen anstellen können.

»Ich war vierzehn, als ich aus dem Spiegelbild des Bassins im Jardin du Luxembourg meine Kindheit aufsteigen sah. Im Wasser tauchte ein riesiger Palast auf, mit düsteren Zimmern und verwinkelten Treppenlabyrinthen, in die kaum ein Lichtstrahl fiel. Je länger ich das schwankende Spiegelbild im Wasser betrachtete, desto mehr fiel auf, daß niemand in diesem Labyrinth zu sehen war – ganz allein ging ich die Treppen auf und ab, die Gänge hin und her. Und als ich in das Zimmer kam, in dem mein Bett stand unter einem verschabten Wandteppich mit einer alten Palastanlage, die, unbewacht und verlassen, von niemandem mehr bewohnt schien, wußte ich, daß kein Vater, keine Mutter, keine Schwester, kein Bruder dies Haus mit mir teilte. Es gab wohl Mönche dort, die mich meist mir selbst überließen, meinen Studien des Griechischen und Lateinischen, und ich galt als Waise, dem ein ferner Onkel die Pension zahle. Die wenigen Spaziergänge, zu denen ich ausgeführt wurde, führten nur in die umliegenden Straßen. Das Institut lag auf der Ile de la Cité, und ich erinnerte mich der betörenden Düfte in den kleinen Pavillons des Blumenmarktes hinter Notre-Dame, die ich ansehen durfte.

Als ich vierzehn war, sah ich im Wasser ein Spiegelbild, und obwohl ich noch ein Bewohner des Instituts war, kam es mir vor, als sei ich seit vielen Jahren durch einen langen Zeitraum von Schlaf und Vergessen davon getrennt. Ich erinnerte mich, daß meine Mutter in früh geschlossener Ehe kaum einen Steinwurf entfernt auf der Ile Saint-Louis wohnte, in einem Haus gleich neben dem der Rothschilds. Ihr Mann besaß eine literarische Revue, *Le Miroir Noir*, und man erzählte mir später, die hohe Auflage verdanke sich der Qualität der Theaterkritiken. Meine Existenz stammte aus einer dunklen Geschichte, es scheint, daß ein Verwandter oder Angestellter des Verlegers meiner Mutter Gewalt antat, und man beschloß, das Resultat dieser unfreiwilligen Zeugung in der Nähe unter Verschluß zu halten. Es scheint, daß eine ältere Schwester, Louise, ihrem Vater, als sie erwachsen wurde und hinter das Geheimnis kam, eine Reihe von Szenen machte. Sie ruhte nicht eher, als bis sie mich aus dem Institut befreit hatte, doch mußte sie versprechen, mein Incognito weiter zu wahren und mich als entfernten Cousin auszugeben. Von meiner Mutter hatte sie die lange Nase und eine rührende Altjüngferlichkeit geerbt, wie sie manchen Töchtern aus gutem Hause gut ansteht. Nach einer stürmischen Affäre mit einem Theater-Photographen, der für die Konkurrenz arbeitete, fand sie sich mittellos im Quartier Latin, und wir teilten uns meinen nach wie vor aus anonymer Quelle gezahlten Wechsel. Alle drei Monate mußte ich mich bei einem Familienanwalt melden und über meine Studien berichten. Jedes Mal, wenn ich am Bassin vor dem Luxembourg-Schloß vorüberkam, scheute ich vor den Wasserbildern und heftete meine Blicke auf die Pomeranzenbäumchen in den großen Kübeln. Wir lebten bescheiden und gaben das wenige Geld in den Cafés und Bars von Saint-Germain-des-Prés aus. Meine Schwester, die die französische Variation meines Namens trug, fing an zu photographieren und ließ sich oft einladen – es ist erstaunlich, wie auch noch heute gewisse Frauen ihrer Umgebung solche Einladungen als selbstverständlich suggerieren. Wenn man von ihren inzwischen verrückten Kleidern absah, lebte sie fast von der Luft. Sie heiratete den Chefredakteur einer Wochenillustrierten, und ich mußte mir ein eigenes Leben suchen. Da ich kein Geld hatte, um Filme zu finanzieren, da ich nicht das geringste Talent hatte, um Geldgeber für mein Projekt zu finden, schrieb ich einen ersten Roman, der von Sandbildern jenes alten Forts, jener Palastanlage ausging, die sowohl an Vincennes wie an Karthago erinnerte, und setzte in dieses Gefängnis einen verrückten Künstler, der ein Nachfolger André Massons war und nicht auf der Suche nach seiner Kindheit. Flüchtig und unsicher wie mein Wasserbild waren die Sandbilder, nur daß Wasser in Formen gegossen werden mußte, um die Bilder auch nur über den Augenblick hinaus festzuhalten.«

Vorgeschichte: ohne Anfang und ohne Ende.

Fast eine Woche rührte sich nichts im Glaskasten. Dann war das neue Blatt da.

N° 4

Ein Kamel in der Wüste

Ein Kamel ging durch die Wüste. Weit und breit nichts zu sehen, nicht eine Palme am Horizont. Gegen Abend sinkt es auf seine Knie, den Kopf gen Osten gewandt. Unaufhörlich rieselt die Zeit wie Sand durch seinen Körper, den seine Zähne mahlen und mahlen. Eher geht ein Kamel durch die Wüste, sagt es, als daß die Wüste es frißt.

Luis Gonzáles trug nun ein Stöckchen, eine der Masken war auf seinen Fuß gefallen, und er hatte eine recht ärgerliche Verstauchung. Ärgerlich – denn sein Schritt war nun verlangsamt, und man sah ihn ab und zu auf den Wegen im Labyrinth spazieren, als übe er *Flucht mit Handicap*. Statt seiner tauchte ein echter Detektiv auf, der sich überall herumtrieb und schon nach zwei Tagen nur von Fremden nicht erkannt worden wäre. Da er vom Syndikat bezahlt wurde und nicht vom Staat – gering, er war Rentner und übernahm solche Überwachungsaufträge nebenberuflich –, hatte er keine Vollmachten, um Hausdurchsuchungen vorzunehmen. Denn der nächste Schritt wäre die Nachforschung nach dem Typ der Schreibmaschine gewesen. Immerhin sah man auf den ersten Blick, daß alle Texte auf derselben Maschine geschrieben waren, und Kenner vermuteten eine alte Olivetti-Reiseschreibmaschine, eine mechanische aus den 50er Jahren. Der Detektiv fragte wohl herum, wer unter den Bewohnern der Cité noch eine solche Maschine besäße – doch wenn der Täter die Texte bereits vor Jahren verfaßt, seine alte Maschine als gefährliches Indiz abgestoßen und Photokopien – auf neuem Papier – in den Kasten gehängt hätte? Immerhin waren es keine pornographischen oder kriminellen Anschläge – es waren *phantastische*. Aber die Kontrolle über ein dem Syndikat vorbehaltenes Objekt zu verlieren, darin lag wohl die Provokation. Hätte man anders reagiert, wenn sich in den Müllcontainern Katzenkadaver gefunden hätten? Luis Gonzáles behauptete, die Texte wirkten wie kalkuliert komponierte *Cadavres Exquis* und verrieten einiges Talent. Er erklärte auf einer Sonderréunion des Syndikats, was mit der Bezeichnung *Cadavre Exquis* gemeint sei: mehrere Teilnehmer verfaßten einen Satz, indem sie, ohne das Wort des Vorgängers zu kennen, ein eigenes Wort in den Satz fügten, je nachdem, ob gerade Subjekt, Objekt, Verb, Adjektiv, Adverb usw. an der Reihe war. Es entspann sich eine dreistündige Debatte, ob die Texte *Cadavres Exquis* waren oder nicht – schließlich löste ein älterer Krankengymnast (oder *Kinésitherapeute*) das Problem, indem er sagte, vermutlich benutze der Täter den Glaskasten als Organ der Veröffentlichung, vermutlich hole er hier seine verpaßte literarische Karriere nach. Es wohnten mehrere Schriftsteller in der Cité – doch arbeiteten die meisten mehr journalistisch als poetisch.

Die Réunion fand in dem dafür vorgesehenen Raum im Mittelhaus statt, einem kahlen, ebenerdigen Zimmer zum Zwischenhof, kahl, kalt und düster und von einer weißen Neonröhre beleuchtet. Vergessen all die früheren Aufregungen um Hundehäufchen auf den Wegen oder aus dem Fenster geworfene Kippen, um Ruhestörung mit nächtlicher Pop-Musik – noch einmal wurde Literatur zum Skandal, zum Dorn im Auge. Der düstere Durchgang inspirierte Luis Gonzáles in den nächsten Tagen zu einer Überarbeitung eines Kapitels in jenem Roman, der im Herbst in neuer Auflage erscheinen sollte. Wie viele *phantastische* Autoren war er vom Raum und der Architektur fasziniert, von der Leere und von der Zeit, die aus diesen Räumen verbannt scheint. Nichts scheint »zeitloser« als Sand oder Wasser oder veraltete Labyrinthe.

»Wochenlang blieb ich eingesperrt in meinem Zimmer und in den düsteren Gängen der Klinik, die als Sanatorium für Frauenleiden galt, eine Privatklinik, von Schwestern geführt, tief in der Champagne, in der Nähe von Epernay. Sie war in einem früheren Herrenhaus untergebracht, das wohl ursprünglich ein aus der Renaissance stammendes Hôtel Dieu beherbergt hatte, im 18. Jahrhundert zu weltlichen Zwecken umgebaut und bewohnt worden war, bevor es im 19. zur Privatklinik wurde. Es wohnten dort eine Reihe von Fällen, die für eine Weile aus ihrem alltäglichen Leben verschwanden, um ihren Familien die Möglichkeit zu geben, Skandale zu vertuschen und Nerven- oder Frauenleiden zu kurieren oder hinter Schloß und Riegel zu halten. Es war ein paar Jahre nach Kriegsende, und ich hatte täglich eine frische Orange auf meinem Nachttisch, und wenn auch die Fenster vergittert waren, weil eine ledige Mutter auf die

Idee kommen könnte, aus dem Fenster zu springen, sah man doch durch die Gitter und das bunte Glas in einen reizenden Garten, auf Kieswege, Taxushecken und Springbrunnen. Der Garten war meistens leer, auch sah man keine Bänke, um sich darauf niederzulassen. Die Kranken wurden streng voneinander getrennt gehalten und durften ihre Spaziergänge in den langen, düsteren Fluren nur unter Aufsicht einer Pflegeschwester antreten. Es gab kein Telephon, aber eine Kapelle, wo man in den Bänken Frauen in Morgenmänteln ihre Rosenkränze beten sah. Die Laken waren stets frisch, das Zimmer war gut gelüftet und roch nach dem Toilettenwasser, das ich reichlich versprühte. Auch frische Blumen waren nicht verboten. Aber die Gänge verfolgten mich, die langen Gänge, bis in den Schlaf – ich war meine hellen Räume an der Pont de Sully auf der Ile Saint-Louis gewohnt und hatte nie zuvor eine *Anstalt* betreten. In den Träumen sah ich die langen Gänge in die langen Alleen im Jardin du Luxembourg übergehen, auf jenen Alleen kam mir Charles entgegen, immer wieder auf dieselbe Weise: ich wartete auf der Terrasse oberhalb des Bassins, und durch das linke Tor zur Avenue de l'Observatoire betrat er den Park, in Gedanken versunken, und niemand hätte ihm ansehen können, daß er mit seiner Schwägerin zu einem galanten Rendezvous verabredet war. Galant war er nicht, obwohl solche Abenteuer nichts Ungewöhnliches waren in dem Milieu, in dem ich lebte. Frauen von Dreißig – die Femmes-De-Trente-Ans – leisteten sich einen Liebhaber, und nur wir begingen die romantische Unvernunft, morgens gegen elf, wenn andere bei der Schneiderin oder im Café saßen und kaum ein Mensch unserer Bekanntschaft im Park anzutreffen wäre, Schiffchen auf dem Wasser fahren zu lassen und Nachlaufen in den Wegen zu spielen. Wie so oft in solchen Familien – Henri kam aus einer alten Verlegerfamilie und hatte damals bereits den *Miroir Noir* übernommen – war der jüngere Bruder der phantasievollere und der erfolglose.

Ich war nicht im geringsten frivol, dennoch hatte ich kein schlechtes Gewissen und neigte im stillen zu der Ansicht, daß eine Frau mehrere Männer brauche. Mit Henri hatte ich das Leben auf der Ile, die Abendessen, die er seinen Freunden gab, die Ferien auf dem Land mit Louise. Er war kein Familienfreund und gewöhnlich entzog er sich den Festtagen seiner Verwandtschaft. Mit Charles hatte ich die Heimlichkeit und die ganze Stadt, keine bürgerlichen oder offiziösen Verpflichtungen und die Freiheit einer Liaison, die zu nichts führen sollte und in ihren kindlichen Vergnügungen sich selbst zu genügen schien. Charles wollte mich nicht entführen, er wollte mich nicht für sich haben – er wollte mich nur sehen. Ich wußte nicht einmal, ob er noch andere Frauen hatte, wir verbrachten zwar manche Nachmittage, wenn die Bonne mit Louise unterwegs war, sie ins Ballett oder zu Freundinnen begleitete, in seiner kleinen Wohnung in der Rue de l'Odéon, aber abgesehen von Paketen mit Strümpfen oder Fleischextrakt, die seine Mutter dem Junggesellen schickte, fand ich keine Spuren von weiblicher Hand. Er war der typische junge Mann, der seine 20er Jahre einer älteren Frau widmete. Er arbeitete für einen kleinen Verlag an der Place St.-Sulpice. Seinen Bruder traf er selten und nur im Café, und so lebten wir wie die Schmetterlinge durch einen Frühling nach dem anderen, als ich plötzlich merkte, daß ich bereits im dritten Monat war und gezwungen, Henri ein Geständnis abzulegen, ohne den Bruder zu nennen. Takt und Indifferenz waren bei Henri gleich verteilt, er drang nicht in mich und gab sich mit meiner Version zufrieden. Nur wollte er nicht den Vater eines fremden Kindes spielen, ich würde das Kind in der Champagne austragen, in Paris erziehen lassen und es als spätes uneheliches Kind eines spanischen Onkels ausgeben. Ich ließ mir von einem Hausmädchen bestätigen, daß der Vater des Kindes mein verstorbener Onkel war (der mir im übrigen sein Vermögen vermacht hatte). Alles andere wollte ich später von einem Anwalt übernehmen lassen, der mit prekären Familienangelegenheiten vertraut war. Ich versuchte noch immer, eine Tragödie zu vermeiden, als ich merkte, daß Henri oder Charles oder beide die wahren Zusammenhänge kennen mußten, denn plötzlich fand ich mich blitzschnell von allem, mit dem ich vertraut war, getrennt – für Monate eingesperrt in dieses Haus, das ein gewisser Docteur Blanche leitete, ein schmallippiger blasser Mann mit dünnen Brillen. Die Schwangerschaft bekam mir gut – selten waren meine Haare, meine Haut, meine Nägel so glänzend. Aber ich bekam keine Post, nur ab und zu eine Nachricht von Henri mit Berichten über Louises Fortschritte und eine Express-Schachtel mit Orangen und einem Heft *Miroir Noir*. Fünf Monate verbrachte ich zwischen bunten Renaissancefenstern, hinter Gittern, auf Gängen, auf dem Sofa, im Bett, am Fenster. An das Kind dachte ich nie – auch nicht an meine Zukunft. Ich las kaum, schrieb keine Briefe und langsam gruben sich die Gänge in mein Unterbewußtsein und verdrängten die schönen Alleen. Ich träumte oft von einer schreienden Frau mit wirr vom Kopf abstehenden Haaren, die mit offenem Morgenrock durch die Gänge lief. Im *Miroir Noir* las ich die Titel der neuesten Erscheinungen der Pariser Literaten, aber die Theater, in denen ich früher die neuen Stücke gesehen hatte, konnte ich mir nicht mehr vorstellen. Die Schwestern waren schweigsam und ließen mir diese Ruhe. Als das Kind geboren wurde, gab ich ihm den Namen Luis Gonzáles (alias Antoni Tàpies) und ordnete an, daß er, sobald er das Alter erreicht hätte, zu Stierkämpfern in die Schule gegeben werden solle. Die Nonnen hielten mich für verrückt und sandten besorgte Nachrichten nach Paris. Luis wurde nach ein paar Wochen einer Frau gegeben, die in der Gegend auf dem Land arbeitete, und ich vergaß ihn. Auch später kam er mir nie in den Sinn, denn die Zahlungen, die seine Unterkunft und Ausbildung garantierten, erledigte der Anwalt, der sich um mein Vermögen kümmerte. Über seine Herkunft gab es kein Dokument, außer dem Dokument jenes analphabetischen Hausmädchens.«

Die Grenzen des Labyrinths bestanden, wie erwähnt, im Norden, Süden und Westen aus drei Pforten. Jene, die dem Atelierhaus *des Erables* am nächsten lag, hieß Porte Blanquette. Hier ist es Zeit, eine alte Klage anzustimmen, denn jenseits der Pforte lag gleich Paris: eine kleine, unscheinbare Straße mit einer Reparatur-Werkstatt für Motorräder, einem Café, einem Klempnerladen und einem arabischen Supermarkt an der Ecke. Doch Paris war – wie seit je – nicht mehr das, was es einmal war: die Conciergen waren Portugiesen, die Bewohner Japaner und Südamerikaner und die Läden in der Hand von Marokkanern. Betrat man das Labyrinth der Platanen durch die westliche Porte Blanquette, bekam man sogleich die Atmosphäre dieses passierbaren, geschlossenen Labyrinths mit. Nach außen verbarg das mächtige Tor das Refugium der Gärten, doch ebenso den Schuppen mit Müllcontainern und die ersten Adressen, deren Eingänge neben dem Tor im Pavillon du Midi lagen: es waren die einer kleinen Familie mit Kind und Hund, deren Eingang oft mit dem der Concierge verwechselt wurde. Sie hießen südamerikanisch Diaz und mußten den ganzen Tag den Laufverkehr an ihrem Fenster vorbeiziehen lassen. Daneben die der Concierge: sie lautete auf portugiesisch Alvarez. Eintritt ins Labyrinth und erste Adressen: der Zufall wollte es, daß beide Adressen zu den wichtigsten in der Geschichte gehörten. Wenn es regnete oder schneite, hielt sich der Hausdetektiv die ganze Zeit in der Loge der Concierge an ihrem Ofen auf, während sie unterwegs war und Post austrug oder Katzen von Bewohnern auf Reisen versorgte. Und ohne daß er es wußte, hatte er einen Schüler, der eigene Überlegungen zu den Zetteln im Glaskasten anstellte. Es war der Sohn der Diaz, Julio, der bei schönem Wetter mit seinem Hund Emile vor der Haustür oder auf dem Weg vor dem öffentlichen Garten spielte. Manchmal trafen sich vier oder fünf dort, sie spielten Mantel-und-Degen-Abenteuer und kämpften mit Plastikschwertern, Stoffmasken und aus Futterseide genähten schwarzen Umhängen vor den Fenstern eines Universitätsgelehrten, der seinen Kopf aus dem Fenster streckte und: *pas ici!* rief. Julio mochte sieben oder acht Jahre sein, er war blond und eine Schönheit mit zarter Haut und langen Wimpern. Gerade entwuchs er den Mantel-und-Degen-Spielen, und man sah ihn kaum noch im Labyrinth, sondern vor dem Tor auf der Straße Fußball spielen. Das Appartement seiner Eltern bestand aus einem Salon, in dem er nachts auch sein Bett aufklappte. An den Wänden hingen Poster von Woody-Allen-Filmen und Jazz-Musikern, und das Prachtstück des dunklen, ebenerdigen Zimmers war eine Zimmer-Bar mit hohen Hockern. Im angrenzenden Zimmer schliefen die Eltern, eine rothaarige und in langen Schlabberröcken herumlaufende junge Frau, die nie ohne ein Buch mit englischer Prosa oder Gedichten ausging, die das Zimmer über der Bar oft mit bunten Papierguirlanden schmückte und deren lauter Ruf: *Emile!* wie der Glockenschlag zum Labyrinth gehörte. Emile war eine kleine, struppige, schwarze Promenadenmischung mit kurzen Beinen und traurigem Blick, die meist vor der Haustür hockte und sich auf jeden passierenden Hund stürzte, um ihn zu besteigen. Der Vater schien einem Beruf nachzugehen, er war freundlich und hager, und man sah ihn samstags in vielen Tüten die Wochenendeinkäufe anschleppen.

Julio saß im öffentlichen Garten und langweilte sich. Das Stöckchen näherte sich, Luis Gonzáles machte seinen Erholungsspaziergang und blieb ab und zu stehen, etwa um sich die großen Amphoren anzusehen, die rechts und links vom Eingang auf Säulen standen. Oder er las das Schild, das nur Bewohnern der Cité erlaubte, den Garten zu benutzen. Ihr könntet euer Köpfchen anstrengen, um den Glaskasten-

Täter zu überführen, sagte Luis zu Julio (der Fünfzigjährige zu dem Knaben), der ihn mißtrauisch ansah, weil er ihn schon seit langem verdächtigte, ein Auge auf seine bizarre Mutter geworfen zu haben und seine Liebeswerbung als Stöckchen-Spaziergänge zu tarnen. Das Stöckchen näherte sich durch den Kies und wurde neben der Bank abgestellt, auf der sich Julio langweilte. Er hatte eine kleine Schleuder neben sich liegen mit Gummi und Stein, aber es waren keine Tauben zu sehen, die er ein bißchen aufscheuchen könnte. Tauben sind ein schönes Objekt für die Jagd, murmelte Gonzáles, der einen Nadelstreifen-Anzug trug mit rotem Faden, weshalb ihn die Jungen heimlich Puff-Louis nannten. Aber was für ein Objekt wäre ein unsichtbarer Täter, ein Phantomas, der hier im Revier herumgeistert und rätselhafte Blätter hinterläßt? Er nahm ein Kastanienblatt auf, drehte es wie Windmühlenflügel und monologisierte weiter vor sich hin. Keine kleine Alarmanlage, keine Schicht-Wache, versteckt unter der Treppe in dem kleinen Kabuff, in dem die jungen Frauen einen Kinderwagen abstellen? Julio blieb stumm, aber er hörte zu …

Dann standen beide auf und verabredeten sich, und am Nachmittag klopfte Julio zum ersten Mal mit einer Löwenpranke aus Messing gegen die dunkelgrüne Tür und betrat das Haus mit den Masken. Sie fabrizierten bei Coca-Cola und Zigarillos einen Text, den sie anstelle der anonymen *Cadavres Exquis* in den Glaskasten hängen wollten. Während sie an dem Text bastelten, hörte man die Stimme von Julios Mutter durch die Gärten rufen: *Emile!*, aber weder schien Emile zu gehorchen noch die Mutter das Haus zu verlassen, um ihn zu holen, statt dessen repetierte sich dieser Ruf und bewies, daß sich Sprache nicht automatisch repetiert, denn selbst dieses eine Wort hatte fünf Buchstaben und ein Ausrufezeichen, die jedes Mal anders zu hören waren: auch die Wiederholung desselben geht nicht ab ohne Variation. Das *es*, das spricht in der Sprache, konnte auch hier *Wahrheit* mit dem Surrealismus den Surrealismus bekämpfen

nicht ausdrücken, nur Annäherungen oder Variationen. Der Text war fertig und vielleicht auch eine Variation der Annäherung im Labyrinth der Wünsche – an den Täter, an eine begehrte Frau? N° 5 hatte den Titel *Der verliebte Ochse.*

Doch wie sollten sie den Text in den Glaskasten schmuggeln, ohne selbst zum Täter zu werden? Den Schlüssel hatte die Präsidentin des Syndikats, auch den zweiten, denn die Concierge hatte ihn abgegeben, damit kein Kreis von Verdächtigen entstehe: der Mann der Concierge, die Schwester, der Neffe ... lauter Leute, die tagtäglich in der Loge aus- und eingingen. Die Präsidentin als Komplizin zu gewinnen setzte voraus, daß diese wichtige Dame ein Spiel akzeptiere, das die anderen Bewohner täuschen mußte. Wenn der Täter die Lust am Versteck-Spiel verlieren sollte, mußte man seine Methode so imitieren, daß nur die Imitatoren die Wahrheit kannten. Gonzáles in seinem Puff-Louis versprach, daß er noch am selben Abend versuchen werde, ein Tête-à-tête mit der Präsidentin zu arrangieren, daß er in der Nacht, wenn die Eltern schliefen, ein Steinchen ans Fenster werfen und Julio vom Ergebnis der Unterredung unterrichten werde.

In der Nacht wurde ein Steinchen gegen das Fenster geworfen, und Luis Gonzáles mußte berichten, daß die Präsidentin in die Oper gegangen sei und anschließend mit Freunden ins Restaurant. Der Baby-Sitter, der einen Nachkömmling hütete, hatte es ihm am Telephon gesagt.

Dann müssen wir warten, sagte Julio enttäuscht und zog sich zurück, und Gonzáles machte im Mondschein einen romantischen Umweg nach Hause, denn er hatte im nächtlichen Dunkel einen gründlichen Einblick in diese kleine Bude bekommen, in der die Rothaarige, die Dolores hieß, wie er jetzt wußte, vielleicht schon schlief, vielleicht mit einem Band von Keats oder Yeats unter dem Kopfkissen.

Am nächsten Tag stand der Glaskasten offen und ein Blatt hing halb herab, schlecht befestigt und losgerissen:

N° 5

Der verliebte Igel

Ein Igel verliebte sich und stellte sein schönstes Stachelkleid auf, damit der Wind darin klirre wie in einem Wald von eisernen Nägeln. (Dies war keine Skulptur von Uecker.) Er hatte keine prächtigen Pfauenräder zu schlagen, der Stachelwald mußte genügen. Doch wie nähert sich ein verliebter Igel der Dame seines Herzens, wenn er einen Stachelpanzer trägt? Nicht einmal sein stachelloses Gesichtchen läßt sich dem der Dame nähern ... die kleinen Äugelchen stecken traurig im Stachelwald.

Die Liebe und das Paradox: erst wenn sich der Stachelpanzer an den Leib gelegt hat, kann die Annäherung beginnen. Doch nun ist sie es, die ihren Panzer aufrichtet – sie ist verliebt. In wen? Warten Sie, geduldiger Leser, einige Äonen, bis zwei Igel ihren Panzer ablegen, obwohl sie sich nicht lieben.

Die Loge der Concierge lag still und verlassen wie an jedem Alltagsmorgen, wenn Madame Alvarez unterwegs war, um die Post für fast zweihundert Bewohner auszutragen. Die andere Hälfte im unteren Teil des Gebäudekomplexes übernahm Monsieur. Seine Loge lag neben dem Tor zum Boulevard de Clichy. Der Hausdetektiv saß auf dem Sofa und blätterte in einer Illustrierten, ab und zu stand er auf, schob den weißen Gaze-Vorhang beiseite und warf einen Blick durch die Glasscheibe in der Tür. Im Flur rührte sich nichts, und er wußte noch nichts vom *verliebten Igel.* Die Loge bestand aus zwei ineinander übergehenden Räumen. Einem kleinen Vorraum, der der Concierge als Entrée und Küche diente, und aus dem Zimmer dahinter mit Eßtisch, Stühlen, Sofa, Fernseher, Schrank-Wand und Klappbett. Portugiesisch sah hier nichts aus, auch wenn man sich erzählte, daß Madame Alvarez bei Antritt ihrer Stellung vor zehn Jahren in bunten, folkloristischen Gewändern erschienen sei, in denen sie wie eine fünfzigjährige Bäuerin wirkte. Mit den Jahren mußte sie sich verjüngt haben: jetzt trug sie enge kurze Röcke und weite Pullover und war der gute Engel einiger Junggesellen, denen sie in ihrer Freizeit ein wenig im Haushalt half, und einiger alter Damen, die von ihren Familien diskret unter Kuratel gestellt worden waren. Man wußte nicht genau, wie weit sie entmündigt waren, aber man wußte, wer die Aufsicht über ihre Finanzen hatte. Die Concierge schmuggelte, an der Familienkontrolle vorbei, private Korrespondenz heraus und herein, verschaffte Rendezvous mit Vertrauten, die von der Familie als Erbschleicher *avant la lettre* betrachtet wurden, und kaufte auch Verbotenes wie Whisky oder Champagner. Sie half freiwillig, auch wenn böse Mäuler ihr für diese Liebesdienste eine kleine Neben(einkunfts)quelle nachsagten. Undankbare Arbeit: Post-Austragen, Treppenhäuser-Putzen, Höfe-Kehren, Blätter-Aufsammeln, Wege-Spritzen, ansprechbar von morgens acht bis mittags zwölf, von mittags zwei bis abends sechs. Wie eine mythische Verschleppte, die Putzeimer trägt und Scheuerlappen, die Holz wachst, Birnen auswechselt, Müllcontainer spätabends auf die Straße stellt und in gutturalem Französisch mit den Bewohnern über ihre Alltagssorgen spricht, während die Gedanken hinter der braunen Stirn verschlossen bleiben. Finstere Gedanken heute, da sich der Fall so nah an ihrer Loge abspielt? Eine Verschleppte, eine Verschlagene, die aus ihrem Labyrinth kaum je weiter herauskommt als bis in die Boulangerie oder am Wochenende bis ans nahe Meer. Hätte man ein Söhnchen zu ihren Füßen spielen sehen, hätte man ihr die Rolle einer portugiesischen Andromache zuschreiben können – hier hatte sie die

Rolle der Ariadne, nach Naxos verschlagen, fern von Kreta. Auf dieser Insel, die zugleich Wiederkehr des Labyrinths war, hatte sie schon Dionysos gefunden und mußte Minotauros nur schützen, indem sie seinen Namen nicht preisgab. Wer war es, welcher von all den Junggesellen?

Der Detektiv, ein Monsieur Dupoivre, las die neuesten Sensationsnachrichten über Lady Di's mysteriösen Tod – Whisky und Amphetamine im Blut des Fahrers? Leibwächter und Detektive haben heute einen schlechten Ruf, sagte er sich. Am Ende wird man den berühmten Nachschlüssel zu diesem Glaskasten noch bei mir suchen. Er ging in die Küche, röstete sich eine Scheibe Brot im Gasofen und drückte automatisch auf den Kassettenrecorder. Es kamen ein paar kratzige Töne und Edith Piafs Stimme – wie mochte diese Musik zu den Klagen passen, daß nichts in Paris mehr so war, wie man es kennt aus Büchern, Photos, Filmen und den Erzählungen der alten Leute, daß es keine *bals musettes* mehr gab und Conciergen, die am Abend in Pantoffeln neben der Haustür sitzen, den Vogelkäfig im Fenster, die Katze auf dem Schoß, die Kittelschürze am Leib und, wenn sie beschäftigt waren, den leeren Stuhl als ewigen Platzhalter vor dem Haus. Es war eine Kassette mit frühen Chansons der Piaf, Straßenliedern, die nur vom Akkordeon begleitet werden und sie durch die Hinterhöfe der armen Quartiers geführt hatten. Selbst einem unmusischen Menschen wie diesem Rentner als Detektiv fiel der verrückte Gegensatz dieser Lieder mit dem Prunkstück der Küche auf. Hier: ein Spiel um die Place Pigalle und die kleinen Leute der Stundenhotels und der Cafés, pathetisch-lakonische Tristesse und das Kratzen der schlechterhaltenen Aufnahmen. Dort: eine Wasch- und Trocken-Maschine von Siemens, mit allen Raffinessen hochtechnischer Waschprogramme. Vielleicht hatte Madame Alvarez diese Maschine in einem der Télé-Spiele gewonnen, in denen es sogar Autos als Prämien gab, sie stand jedenfalls in der Küche wie ein unheimliches, weißes, steriles Monstrum von einem anderen Stern.

Wie auf ein Stichwort öffnete sich die Tür, Madame Alvarez kam herein, im Arm eine der Portièren, die im Winter vor den Glastüren der Atelierhäuser hängen, zum Schutz vor Zug und Kälte. Ein neuer Brief hängt im Kasten, sagte sie, denn in ihrem portugiesischen Hirn hatten sich die Texte zu Botschaften, Nachrichten, also Briefen an die Bewohner verwandelt. Sie öffnete die Tür zur Waschtrommel, stopfte den Vorhang hinein und stieß einen Schrei aus. Da ... da ... im Gummirand der Abdichtung lag deutlich und silbern ein weiterer Schlüssel zum Glaskasten. Die Kassette spielte gerade, aus der Serie *de la rue à la scene* von 1935-1947, *Les mômes de la cloche,* und beide standen stumm vor Staunen vor der Maschine. Keiner dachte daran, die Musik abzustellen. Sie krächzte weiter, durch die offene Tür in den Hausflur und ins Telephon, als Madame Alvarez, die den Schlüssel nicht anrührte wie aus Angst vor einem unheilbringenden Fetisch, die Präsidentin in höchsteigener Person anrief. Das Syndikat tagte wöchentlich nur einmal, am Donnerstag. Die Präsidentin versprach, sofort zu kommen – nein, sie sagte ihr sofortiges Kommen zu. *Kommen,* denn auch wenn sie allein kam, rauschte sie an wie mit dem ganzen Hofstaat der Réunion. Sie hätten längst den Glaskasten wechseln sollen, das wäre billiger gewesen als mich anzustellen, sagte der Detektiv. Sie haben ihn gerade gewechselt, kam von der Concierge wie abwesend, vorher hing nur ein Brett aus Korkeiche da, aber die Kinder ließen immer wieder die Nachrichten verschwinden und falteten sie zu Papiervögeln, die wir im Garten unter den Büschen fanden.

Die Präsidentin kam, trug ihren blonden Herrenschnitt, gerade frisch vom Friseur, in die ärmliche Loge und fand eine weinende Madame Alvarez vor, die verkündete, sie werde ihre Arbeit kündigen. Jemand hat den Schlüssel in meine Waschmaschine geschmuggelt, sagte sie, und der Detektiv erfuhr nebenbei eine weitere Lösung seiner komplizierten Verdächtigungen: die Siemens-Maschine war von einer Hausbewohnerin gestiftet, da die Concierge die Portièren wüsche und bügle und die alte Maschine keine Trokkenmaschine hatte. Kein Mensch verdächtigt Sie, einen geheimen Nachschlüssel zu besitzen, sagte die Präsidentin und nahm den Schlüssel aus der Maschine. Sie ging in den Flur und probierte, ob der Schlüssel passe. Das Schloß klemmte ein wenig, aber er paßte. Wenn der Täter seinen Schlüssel in der Wohnung der Concierge verstecken konnte, muß er unauffälligen Zugang haben. Die Präsidentin blickte den Detektiv an. Sie bewachen den Glaskasten von der Loge aus, der Schlüssel, wenn es nur einen Nachschlüssel gibt, steckt in der Waschmaschine, der Glaskasten ist unverschlossen, weil der Täter keine Zeit mehr hatte, ihn zu schließen. Jemand hat ihn gestört. Er versteckt sich in der Loge, in der Sie sitzen, und steckt den Schlüssel gleich neben der Tür in die Maschine. Ich saß auf dem Sofa, murmelte der Detektiv, weil ich von diesem Platz aus jeden Schatten sehe, der draußen vorbeigeht. (Die Präsidentin blickte auf den Tisch, auf die Illustrierte.) Ich hätte gehört, sagte der Detektiv, wenn sich die Tür geöffnet hätte. Es wird wohl nicht der Schlüssel sein, der heute benutzt worden ist.

Alle drei sahen sich ratlos an.

Und wenn es ... vier, fünf, sechs solcher Schlüssel gibt? Fragten sie sich. Die Präsidentin nahm das Blatt aus dem Kasten und verschloß ihn. Wir hatten schon einigen Ärger, sagte sie, wir hatten Clochards, die versuchten, sich einzuschleichen und nachts in den Fluren zu schlafen. Wir wechselten den Code, aber schließlich mußten wir doch die Polizei holen. Ich werde mit dem zuständigen Kommissar sprechen.

Am Abend kochte die Concierge, die sich wieder beruhigt hatte, Spaghetti. Wenn auch Paris nicht mehr war, was es war, auch die Loge war nicht, was sie war, authentisch und portugiesisch. Sie kochte häufig Spaghetti und hörte selten diese alten Chansons. Sie rührte in der Tomatensauce und dachte, daß dieser Spaß oder Kinderstreich langsam eine Bedrohung würde – für sie, aber auch für die anderen.

Als sie gegen neun die Loge verließ, um die Container auf die Straße zu stellen, lag der Flur im dämmrigen Abendfrieden. In der Loge lief der Fernseher, die Teller waren gespült, und Monsieur saß auf dem Sofa. Der Glaskasten war verschlossen, aber nicht mehr leer.

N° 6

Adler auf dem Dachfirst

Ein Adler ließ sich auf einem Dachfirst nieder. Nicht Horst, nicht Nest. Unter ihm lag das dunkle Europa. Der Himmel wurde gerade abgeräumt, das Zelt mit den aufgespannten Flügeln des *Römischen Adlers.*

Ich werde es stehlen, sagte der Adler, und hoch in die Lüfte tragen, das alte Europa.

Flieder, Liebesstrauch der Célibataires, war über Nacht in den Gärten aufgeblüht, und in der Rue Blanquette standen die Fliederverkäufer wie jedes Jahr mit Wassereimern und Zinkwannen und verkauften Sträuße zu 30 Francs. Die Réunion hatte beschlossen, eine andere Strategie zu versuchen und neue Anschläge zu ignorieren. Überall standen die Fenster offen, die Leute pflanzten die ersten Geranien in ihre Kästen und unterhielten sich von Fenster zu Fenster. Die Freundschaft zwischen Luis Gonzáles und Julio war so weit gediehen, daß Julio ab und zu eine Stunde im Atelierhaus verbrachte, ohne fürchten zu müssen, daß er sich vor seinen Kameraden blamiere. Er sagte ihnen einfach, Luis verstünde viel vom Boxen und vom Stierkampf und verschwieg, daß sie noch immer nach einer Methode suchten, den Glaskasten-Täter zu provozieren. Vor allem kannte er jetzt Geschichten über Kid Chocolate, der 1910 in Kuba geboren wurde und von 148 Kämpfen 130 im Leichtgewicht gewann. Er kannte die Namen vieler schwarzer Boxer, die kaum älter als er selbst waren, aus der 16-Kilo-Klasse, und versprach, ein paar Photos mitzubringen aus den Trainingshallen in der Bronx und in Brooklyn, wenn sie auf den Sparring-Kampf warteten oder sich die Hände bandagierten. Er kannte inzwischen das ganze Haus, dessen Außenwände zur Nordseite, vom Garten bis zum Dach, aus Glas bestanden. Wie in einem Entwurf von Le Corbusier war das Innere in vier funktionalen Ebenen gebaut, die durch Treppenabschnitte miteinander verbunden waren. Die Treppe bestand aus Metallgerüst mit Stufenlatten. Vielleicht war Julio, der in Wirklichkeit bereits elf Jahre alt war, zu jung, um die Komposition von Montmartre-Atelierhaus, funktionaler Innenarchitektur, Glaswänden und Gartenlaube vor der Tür zu würdigen. Das Haus war voll Bücher und Poster, wie er es von zu Hause kannte, die Hauptmotive waren Arenen und seltsame Palastanlagen, Luftaufnahmen meistens und streng dokumentarisch, denn die Arenen waren leer wie die alten Palastanlagen mit dreifachen Mauerringen und Gräben dazwischen, mit Wachhäusern und Türmen. Ein paar versteckt aufgehängte Plakate zeigten auch Boxringe, die Plattformen und die Kordeln drumherum. Julio durfte herumgehen und sich die Masken und Skulpturen ansehen, ohne daß Luis ihn mit endlosen Erklärungen langweilte, und er mochte besonders den kleinen Minotauros, der, auf der ersten Ebene zum Garten, auf dem Schreibtisch stand: ein männlicher Torso mit Stierkörper und Maske mit Hörnern. Luis sagte, aus der Verbindung von Tieren und Menschen entstünden keine dritten Wesen, Mischwesen, aber die ganze Kunst und Literatur sei voll von geflügelten Pferden, fischschwänzigen Jungfrauen, Pferdmenschen, als Schwäne verzauberten Jünglingen, in Stiere verwandelten Göttern. Julio setzte einige der Masken auf, die an den Wänden hingen, und empfahl Gonzáles, weiter seinen Puff-Louis auszuführen, denn wenn auch viele im Labyrinth normal angezogen herumliefen, trügen die Freunde seiner Eltern meistens Klamotten, die aus der Theaterrequisite stammten. Sie arbeiteten in den umliegenden kleinen Theatern und kauften sich dort den Kram zusammen, weshalb die schönsten Jacken aus papstviolettem Brokat nach Mottenkugeln röchen. Obwohl Luis sich hütete, Julio nach Dolores auszufragen, hörte er doch amüsiert den fragmentarischen Schilderungen zu, die Kommentare zum Leben in der Ersten Adresse abgaben. Die langen Schlabberröcke, die Jacken mit gebauschten und bestickten Ärmeln waren also geklärt – blieb nur ein Geheimnis offen: ob die Töpfe mit Ingredienzien aus der elisabethanischen oder florentinischen Küche gewürzt waren. Es schien, daß sich Dolores schnell daran gewöhnt hatte, daß Julio manche Nachmittagsstunde im Haus des Schriftstellers Gonzáles verbrachte, denn eines Nachmittags stand sie vor der Tür und klopfte an, als sei sie es gewöhnt, und sagte, der Hund habe Koliken, sie müsse ihn zum Veterinär bringen. Luis verbiß sich die Bemerkung, daß Emiles sexueller Appetit ihm vielleicht auf den Magen geschlagen sei, lud Dolores nach ihrer Rückkehr zu einem Glas Martini Dry ein und versicherte, Julio könne bleiben, solange er wolle. In der folgenden Stunde tat er so, als arbeite er an einem wichtigen Roman, verkniff sich, wie gesagt, die Sucht aller Verliebten, von nichts anderem mehr reden zu können als vom Gegenstand ihrer Passion – Passion, die im Labyrinth ihrer Herzenskammern sitzt wie ein alles verschlingender Minotauros –, und überzeugte sich mit Genugtuung, daß vom obersten Treppenabsatz über seine Laube hinweg der Blick genau auf den Eingang der Ersten Adresse frei war. Er ließ Julio alte Platten mit Tangos von Gardel hören und in frühen Comics von Enki Bilal blättern. Und während er vielleicht mit Herzklopfen auf die Rückkehr von Dolores wartete, verging der Nachmittag, niemand erschien, und Julio trottete gegen Abend allein nach Hause.

Gegen Mitternacht ging Gonzáles aus. Wie es seine Gewohnheit war, besuchte er das Nacht-Café in der Rue Blanquette, wo unter kaltem Neonlicht ein paar späte Trinker sich an der Theke an ihrem Pastis mit Knoblauch festhielten. Zufällig war einer der Fliederverkäufer unter ihnen, und nachdem sich die vier oder fünf Männer lange genug schweigend angestarrt hatten, stellte sich heraus, daß er die Ladefläche seines kleinen Lastwagens nachts als Kühlraum benutzte. Als Luis das Café verließ, kam der Fliederverkäufer mit, schloß den Laderaum auf, und da waren sie – Eimer voll halb aufgeblühten Flieders, und schon jetzt roch das ganze Auto nach einem Frühlingsgarten-Treibhaus. Luis, voll des süßen spanischen Cognacs, kaufte neun Sträuße, schleppte sie durch die nächtliche Straße nach Hause und deponierte je drei vor drei Hauseingängen: den weißen bekam die Präsidentin, den hellila die Concierge, den tiefvioletten Dolores.

Am nächsten Morgen schlief er noch tief – er stand selten auf vor halb elf –, als die Damen ihre Sträuße einsammelten, doch als die Concierge gegen Mittag die zweite Post austrug, fragte er sie, ob sie glaube, der Flieder sei vom Phantom. Madame Alvarez schüttelte den Kopf und sagte, der Fliederverkäufer vor dem Tor hätte schon berichtet, daß Monsieur Gonzáles einen ganzen Eimer voll gekauft habe, und sicher blühe er morgen auf. Und im Glaskasten hinge wieder ein neues Ding, schließlich gäbe es keine Nachtwachen und keine Videokameras und keinen Alarm, wenn ein Kilo Flieder die Schwelle beschwere. Vielleicht ist der Unbekannte ein Dichter, sagte Gonzáles, ein Dichter, der eine Dame anbete mit diesen Überraschungen, sicher meine er es nicht böse und wolle das Herz der Präsidentin gewinnen. Verschwunden ist das Schlüsselein …, murmelte er, und laut: ob sie daran schon einmal gedacht habe? Mißtrauisch blickte die Concierge ihn an, die Präsidentin war schließlich verheiratet und zog einen Nachkömmling groß, und wer hatte Zeit für solch umständliche Werbung? Sicher nicht, wer von morgens bis abends durchs Labyrinth eilen muß, murmelte Luis, aber – mochte er vermuten, wenn er an die Geschichte der Minotauros-Familie dachte – hatte nicht auch Zeus keine Mühe und Umstände gescheut, um sich in Stier oder goldenen Regen zu verwandeln, wenn er Europa, Io oder Danae verführte? Vielleicht war der Autor keine Bande von Übeltätern, sondern ein kleiner Lehrer, der sich in die Figur eines Verführers geträumt hatte, Verführung, gebaut wie ein Tango, ein Stierkampf? Dies sagte er sich, als die Concierge wieder fort war, die keine Ahnung von Don Juanismus hatte, erst recht keine davon, daß ein herzklopfender Verliebter solch geometrische Überlegungen anstellen konnte. Denn was er über alles heute gescheut hätte, wäre Dolores über den Weg zu laufen, weshalb er sich die Lektüre des Glaskasten-Textes verkneifen mußte …

Aber dann machte er doch seine Aufwartung, am Krankenbett von Emile, und las im Vorbeigehen den Text.

N° 7

Another Happy Prince

»Der *Happy Prince* ist nicht mehr glücklich«, seufzten die Rosen im Park, denn sie, die nichts anderes vermochten als zu blühen und aus einer Epoche stammten, in der man Rosen nur zum Vergnügen züchtete, verwechselten Glück mit Happiness. Hofschranzen waren sie nicht, daß sie verlangt hätten, der *Happy Prince* müsse seine Rolle weiterspielen, aber sie dachten in alten Epochen, verströmten umsonst ihren Duft und fragten sich, ob die Liebe der Grund sei.

Ein Knabe? Auch das war vorstellbar für die Rosen, englische Rosen. Der Prinz blieb blaß und beugte sein Köpfchen nicht mehr über die Rosen, um ihren Duft einzusaugen.
Was war geboten, wenn Rosen den Prinzen und seine neuesten Zustände nicht mehr verstanden?
Vielleicht waren die Götter neidisch geworden auf seine *happiness*, sie hatten ihm heiße giftige Strahlen in den Schlaf gesandt und plumpe Kieselsteine zwischen die Beine. Nun war er *modern*, hatte die happiness abgelegt. Doch hatten die Neidischen sich einen falschen Körper für ihre verschwiegene Rache ausgesucht. Und die Rosen: sie wußten nichts von Erynnien, Büchsen der Pandora, die sich ausschütten über dem Happy. Er war kein Künstler, der *Happy Prince*, weder Kunst noch Liebe konnten ihn heilen. So blieb der Streit der Neidischen verschlossen in seinem Körper. Wie in einer Büchse der Pandora die Weltübel. Welcher Takt ließ sie ungeöffnet, um selbst die Rosen zu schonen?
Woher ich es weiß? Happiness, Glück, Ekstase – und die tristia –.Von Oscar Wilde, dessen *Glücklicher Prinz* noch ein Herz hat: aus Blei, das nicht zu schmelzen war, kleine Rose.

Er trug eine gelbe Weste zu blaßblauen, verwaschenen Jeans und ließ ein paar Bemerkungen fallen über Oscar Wilde und das englische Kunstmärchen. Der Flieder stand in einem Zinkeimer auf der Bar und wurde mit keinem Wort erwähnt, aber öfter mit Blicken gestreift. Emile hatte noch immer leichte Konvulsionen, er mußte eine Diät einhalten, die nur aus gekochtem Reis bestand, und fünf Tage eine anti-spastische Pille verabreicht bekommen. Er lag still in der Ecke, rollte ab und zu mit seinen schwarzen Knopfaugen, und Luis tat so, als sei der neue Text eine ernste Angelegenheit.

Kinderstreiche verraten sich, denn Liebesgeschichten von Erwachsenen interessieren nur Kinder, für Halbwüchsige sind sie überflüssiger Kitsch. Die Kinder der Cité klebten einen Zettel an das Brett mit den Nachrichten über entlaufene Katzen und Stellen-Angebote für Au-pair-Mädchen, einen Zettel mit krakeligen Spinnenlettern: DON LUIS LIEBT DIE PRÄSIDENTIN.

Mit der Folge, daß ein später Besucher des öffentlichen Gartens, wenn er sich gegen Abend auf der Bank vor der Hecke niedergelassen hätte, die den öffentlichen Garten von dem Rasen vor der Veranda der Präsidentin trennte, einen komischen, erregten Disput hätte anhören müssen. Die Fenster der Veranda standen weit auf, die Geräusche ließen darauf schließen, daß die Präsidentin das Essen auftrug, man hörte Stühle-Rücken und das Klirren eines Terrinendeckels. Die Sonne stand tief im Westen über dem Zink-Glas-Dach des *Atélier des Erables* und ging im Wipfel der Robinie neben dem Eingang unter. Du hast uns zum Gespött der Leute gemacht, rief der Gemahl der Präsidentin mit gedämpfter Stimme, und ein Suppenlöffel klirrte gegen den Teller. Erst läßt du fünf Sitzungen abhalten über das Kanalsystem unter den beiden Atelierhäusern, in denen dahergelaufene Ausländer wohnen und behaupten, Schriftsteller, Journalisten oder Psychotherapeuten zu sein. Dann machst du einen wochenlangen Wind um irgendwelche Zettel, die deine Nachrichten stören, dann stellst du gar einen Detektiv ein, um am Ende zu erfahren, was jeder Kindermund spricht im Revier, daß du einen Verehrer hast, der die *billets doux* in den Glaskasten hängt, die du nicht verstehst. Es folgen Fliedersträuße und öffentliche Anschläge, jetzt fehlen nur noch nächtliche Ständchen und die offizielle Bekanntmachung, daß sich ehrenamtliche Präsidentinnen eines der größten Syndikate von Montmartre heutzutage von anerkannten Troubadouren die Verehrung gefallen lassen müssen. *Je vous vens la passerose / – Belle, dire ne vous ose / Comment Amours vers vous me tire, / Si l'apercevez tout sanz dire …* zitierte er aus den Spielen galanter Liebesfragen während der Mahlzeiten am Hofe Ludwigs von Orléans. Er hatte eine aufstrebende Stellung im Verkehrsministerium und tat sich auf die französische Tradition von Politiker und *Homme de lettre* ein wenig zugute. Aber die Präsidentin schien in Gedanken um ein Haar die zweite Portion Pot au feu aus der Terrine zu verschütten und vergaß die Replik. Dann sagte sie, es war Flieder, keine Rose, und ihr Gegenüber hielt in seiner Tirade inne und betrachtete sie ein wenig besorgt über die Terrine hinweg. Der unfreiwillige Lauscher hätte sich spätestens hier erheben müssen, um nicht die lispelnden Entschuldigungen einer bedrängten Gattin zu hören, denn schon war es, auch im Jahr 2000, wie im vorigen und vorvorigen Jahrhundert, so weit gekommen, daß ein wenig Rumor die reife Unschuld mit dem Rücken an die Wand stellte. Noch herrschte Schweigen, dann aber sagte die Präsidentin laut und schneidend, wie mit dem Rasiermesser in den Abend geschnitten: es ist nichts bewiesen. Denn sie war vielleicht zuvor gedankenverloren gewesen, aber da sie nicht in Liebesgedanken verloren war, fand sie zu ihrer präsidialen Präzision zurück und sagte glasklar: es ist nichts bewiesen. Weder daß ein Strauß Flieder eine Werbung enthielte, denn welche Präsidentin freute sich nicht über einen Gruß, in dem vielleicht ein wenig Anerkennung wegen der Kanalisationsdebatte steckt, die Rohre sind zum Teil sechzig und hundert Jahre alt, und nur die veralteten Methoden des Syndikats schieben solche Fragen stets weiter vor sich hin ins nächste Jahrtausend. Noch wer der Autor der Zettel mit diesen seltsamen Dichtungen ist. Gonzáles wohnt länger hier in der Cité als wir, und ich hüte mich und warne auch euch davor, ihm etwas Übles anzuhängen. Etwas, das unbewiesen ist und vielleicht bleiben wird. Selbst, wenn wir den Täter nicht überführen, ich beschuldige keinen.

In diesem Moment klingelte das Telephon, der Nachkömmling ging in den Flur, nahm den Hörer ab und rief Maman, es ist für dich, Monsieur Gonzáles.

Die Präsidentin, die im übrigen eine zierliche Französin war und deren kurzes Blond wahrscheinlich genauso künstlich war wie das der meisten Fernsehansagerinnen, wappnete sich und ergriff den Stier bei den Hörnern. Monsieur Gonzáles, sagte sie, ich hätte längst selbst anrufen müssen, um Ihnen für den herrlichen Flieder zu danken. Und es passierte ihr, was sonst nur jungen Mädchen in brenzligen Lagen passiert, ein unmotiviertes, unbegründbares, unerklärliches Lachen. Am Telephon entstand eine kleine Pause, ein überraschtes Schweigen, denn – Gonzáles hatte den Flieder längst vergessen. Sie tun so viel für uns alle, Madame, sagte er dann zögernd, und hätte ich gewußt, daß ich Sie noch heute um eine neue Gefälligkeit bitten würde, hätte ich den Flieder nicht vorher geschickt, als solle der Weg für meine Bitte geebnet werden. Ich neige, obwohl kein junger Mann mehr, zu spontanen Akten, erst recht in ersten warmen Frühlingsnächten, und der erste Flieder war gerade angekommen …

Die Präsidentin sagte streng, Monsieur, Sie bringen mich in Verruf, in einem Dorf wie unserer Cité wissen alle sofort, daß auch die Präsidentin Flieder bekommen hat. Dann lachte sie wieder, weil er sagte, ich gehe am Stock, Madame, und habe mich im übrigen der Sorgen um den Glaskasten-Dichter und um den kranken Hund der Familie Diaz angenommen, auch der der Concierge, die den Tränen nahe war, weil sie sich verdächtigt fühlt …

Und dann, murmelte die Präsidentin, gibt es Kinderstreiche … Entweder falten sie Ihre Hausnachrichten zu Papiervögeln, kam von Gonzáles, oder sie heften kindische Unterstellungen ans Nachrichtenbrett. Ich schlage vor, wir begegnen beiden Attacken mit einer Strategie der Affirmation, um Kindern und Glaskasten-Besetzern den Wind aus den Segeln zu nehmen. Die Präsidentin zog amüsiert die Augenbrauen hoch. Monsieur, Sie wollen mir keinen Kinderstreich vorschlagen. Sie drehte sich um, sah, daß ihr Gatte sich mit der Abendzeitung beschäftigte und sie sich ungestört der Unterhaltung widmen könne, ohne befürchten zu müssen, daß er ungehalten auf die längere Störung reagiere.

Ich bin in einer Zwickmühle, sagte Gonzáles, denn in der Tat, es ist ein Kind mein Komplize in diesem Komplott. Und wenn Sie es vorziehen, suche ich Sie persönlich zu einer Unterredung in dieser Sache auf. Aber solange keiner von uns als möglicher Anstifter oder Mittäter in der Sache Glaskasten überwacht oder abgehört wird, wäre es der Sache dienlicher, wir hätten nach außen keinen Kontakt, keine wichtigen Unterredungen ... Fliedersträuße? warf die Präsidentin dazwischen. Und ich müßte Sie bitten, fuhr Gonzáles fort, auch wenn Sie die Sache ablehnen, darüber zu schweigen, so daß Sie im Grunde schon vorher hineingezogen werden ... Die Präsidentin zog einen Sessel, der neben dem Telephontisch stand, heran – sie hatte auch ein Handy, das sie jedoch strikt nur auf ihren Inspektionsgängen benutzte –, zündete sich eine Zigarette an und sagte, Monsieur Poirot ... oder Marlowe ... schießen Sie los.

Gonzáles entwickelte seinen Plan, erntete ein beifälliges Nicken, und sie beschlossen, die Concierge nicht einzuweihen, sondern Julio, der ohnehin beteiligt war, als Laufboten zu benutzen. Die Präsidentin hatte die Gelegenheit, den Glaskasten zu öffnen, wenn die Concierge in anderen Gebäuden unterwegs war und der Detektiv mit neuen Umfragen beschäftigt. Sie würde keine Reißzwecken mehr benutzen, um die Aktion zu verkürzen, sondern selbstklebende

Zettel, das Original behielte sie in ihrem Safe mit Unterlagen der Hausverwaltung. Sie wollte nicht hastig vorgehen, sondern zwei, drei Tage warten.

Zwei Tage später hing ein neues Blatt im Kasten, und nicht einmal der Autor dieser Geschichte wußte, von wem er stammte.

N° 8

Esels Begegnung

Ein Esel zog, vor den Karren gespannt, durch eine leere Landschaft gen Horizont. Begegnete ihm eine Gestalt, die plötzlich am Wegrand auftauchte, den nicht einmal ein Kaktus zierte. Eine Gestalt, die ganz aus Kugeln zu bestehen schien. Kugelkopf, Rumpf, Arme, Hände, Beine, Füße.

»Darf ich dem Lasttier einige Kugeln in den Karren legen?«

Der Esel blieb störrisch. »Keine Kugeln. Der Karren ist voll. Voll von Korn, voll von *Lettres de mon moulin*, die ich gen Horizont bringen muß.«

Der Karren war leer, der Esel zog weiter gen Horizont, unermüdlich nach Eselsart, zog seines unermüdlichen Weges gen Horizont. In seiner Unermüdlichkeit merkte er nicht, daß die Kugeln wie Gewichte an seinem Rücken hingen. Der Kugelmann hatte Füße und Hände abgeschraubt, in den leeren Karren gelegt, dann Arme, Beine und Rumpf. Schließlich legte sich der Kugelkopf in den Karren und zog gen Horizont, gezogen träumte er von seinem Weg gen Horizont.

Im Hof aber ging Dolores auf und ab und grämte sich über das Gerücht, daß auch andere Flieder bekamen. Denn den Zettel DON LUIS LIEBT DIE PRÄSIDENTIN hatte die Hausordnung wohl vergessen, er hing noch da wie eine Nachricht aus einer anderen Epoche.

Der Anschlag der Concierge fand ohne sensationellen Auftakt statt. Keine Vorankündigungen, Wetteransagen mit Wirbelstürmen, einstürzenden Dächern und Schornsteinen. Keine Influenza-Epidemien. Sie trat in Streik – einen gut getarnten Streik, denn hinter der Glasscheibe ihrer Logentür hing nur ein Zettel mit der Nachricht: wegen Krankheit geschlossen. Bald wußten alle, daß sie wegen eines neuen heftigen Anfalls einer alten Rheuma-Erkrankung im linken Arm und in der linken Schulter ein paar Tage aussetzen mußte, und während ihrer Abwesenheit blieb die Loge geschlossen. Sie verbrachte diese Tage bei einer Verwandten im Süden der Stadt, in der Nähe des Hospitals, in dem ihr Spritzen und heiße Packungen verabreicht wurden. Natürlich hatte man Mitleid mit den Plagen einer so jungen Frau, zu deren Alltag ausgerechnet das Schleppen von Eimern und Staubsaugern gehörte. Und von Stapeln von Post. Doch wenn auch Monsieur Alvarez einen Teil ihrer Pflichten übernahm und man ihn ohne Pause in seinem blauen Kittel draußen herumlaufen sah, wenn er auch eine junge Gehilfin bekam, die zwei Stunden pro Tag erschien, so zog schon am ersten Tag lautlos das Chaos ein – zu reibungslos und selbstverständlich war alles im Labyrinth abgelaufen, als daß die Ordnung keine Löcher bekommen hätte. Hier eine Birne im Treppenhaus, die nicht ausgewechselt wurde, dort eine Katze, die sich in einen der Keller verirrt hatte und die ganze Nacht schrie, weil keiner sie befreite, im Schuppen stapelten sich die leeren Kartons, die sonst mit dem täglichen Müll abgeholt wurden, und im öffentlichen Garten trieb sich noch nachts eine kleine Bande herum mit

Pommes-frites-Tüten und Hamburger-Schachteln von BURGER-KING.

Auch der Detektiv verlor seine Residenz. Sonst hatte die Concierge ihn morgens hereingelassen, damit er seine Nachforschungen telephonisch durchführen oder seinen Besuch ankündigen könne – hundertachtundvierzig Wohnungen waren abzuklappern, viele Bewohner waren tagsüber nicht zu Hause, und er war kein Maigret, der die Gäste zu sich in die Loge bestellen konnte. Selbst wenn das Syndikat ihm jetzt den neonbeleuchteten Raum im Mittelhaus zur Verfügung gestellt hätte – eine diskrete Aufsicht über den Glaskasten im Pavillon du Midi war dort nicht gewährleistet. Denn er bemäntelte seine Erfolglosigkeit, indem er betonte, daß seine Anwesenheit in der Loge möglicherweise eine Reihe von Anschlägen verhindert hätte ... Die Loge war verschlossen, und der Rheumatismus der Concierge, ohne Vorsatz und ohne Schuld, eine zufällige, groteske, absurde Mittäterschaft (oder wenigstens Komplizenschaft) mit den Glaskasten-Besetzern. Der oder die Täter schienen jedoch keinen Grund zu sehen, Triumphe zu feiern. Ihre Meldung beschränkte sich auf wenige Zeilen. (Doch vielleicht lag der Grund für die Kürze in Julios Anfängerschaft?)

N° 9

Löwe und Einhorn

»Spute dich«, sprach der Löwe zum Einhorn, »daß du unter die Leute kommst. Du bist doch längst reproduzierbar. Das Einhorn, Fabeltier, nie zu fangen, nie zu finden. Nur in Vollmondnächten, heißt es, sitzt du vor dem Schoß einer reinen Jungfrau.«

Dann ging Post verloren, jedenfalls behaupteten einige Bewohner, Briefe zu vermissen, die schon vor Tagen an sie abgeschickt waren, und Monsieur Alvarez ging mit mißmutigem Gesicht durchs Revier und mußte außerdem feststellen, daß im geschlossenen Garten vor dem Pavillon des Platanes der Zaun, Drahtmaschenzaun, heruntergetreten war, weil die Jungen ihre neue Freiheit nutzten und über verbotene Zäune setzten.

Es gärte im Labyrinth. Und die Concierge saß irgendwo im Warmen, tratschte vielleicht mit einer Cousine über die Ereignisse in Montmartre und hatte sich für eine gute Weile aus der Schußlinie gebracht. Doch im Augenblick interessierte sich jeder mehr für die Post und die pünktliche Müllabfuhr als für die Poesie im Syndikats-Kasten. Auch Luis Gonzáles kam durch den Streik in der Loge mit Dolores nicht recht voran. Er hatte ihr eine neue Nummer des *Miroir Noir* zusenden lassen mit Gruß vom Autor, in der er unter dem Titel *Rhapsody in Grey* ein Resümee des Theaters der zweiten Hälfte des XX. Jahrhunderts zog, von Beckett und seinen von Hellgrau bis Anthrazit changierenden letzten Tonbändern zu Sartres nicht ganz schwarzen Höllen und geschlossenen Gesellschaften bis zu Koltès, den nur seine schwulen Verehrer so grell und exotisch aufführten, denn seine Stücke seien unübersehbar inspiriert von der großen Lehrmeisterin in Grau, der Stadt Paris. Die Revue kam und kam nicht an – oder stapelte sich vielleicht unter der Rubrik *Express 2. Klasse* in der Loge des Strohwitwers. Nur keine jüdische Hast, sagte sich Luis, und mußte nicht fürchten, wegen dieses Sprichworts des Antisemitismus verdächtigt zu werden, denn zumindest seine spanischen Namensgeber hatten, der Familienlegende zufolge, jüdische Zinken im Gesicht und ein paar Rabbiner in der Verwandtschaft. Keine Hast also und keine auffällige Belagerung ihrer Hütte – übrigens war er sein Stöckchen wieder los und seine müßigen Erholungsspaziergänge. Sein Fuß war geheilt, und er hätte sich, so schnell wie ein Jüngling, beim Anblick der Angebeteten aus dem Staub machen können. Oder, ganz wie ein Mann, hätte er durch die Tapetentür verschwinden können, wenn der Gatte das Liebesgeplauder durch seinen Auftritt zu stören drohte. Immerhin mußte er nicht länger als Ridikülität und zum Gespött der Kinder herumlaufen. Sollte er seinen Stock vermissen? Auch Heilung konnte von Nachteil sein, wenn raffinierte Kenner der Liebespassion in einem Stöckchen und einem verstauchten Fuß mit Schwellungen eine einzigartige Attraktion sahen. Luis hielt sich für sich und pflegte eine neue Freundschaft: mit dem Neffen der Concierge, genauer gesagt, Sohn einer ledigen Cousine der Concierge, die auch in der Cité wohnte. Er hätte nicht einmal sagen können, ob ihn eine unbewußte Berechnung dazu verleitete, ab und zu in den unteren Teil am Boulevard de Clichy zu steigen und auf der langen Auffahrt einige Worte mit jener Cousine zu wechseln. Er hoffte wohl, von ihr leichter und genauere Neuigkeiten über das Befinden der Concierge zu erhalten, und hatte für das fünfjährige Söhnchen ein winziges gelbes Auto mit Fernsteuerung bereit, das dieser die ganze Rampe herauf- und herunterrasen ließ.

LOGE GESCHLOSSEN – Wartezeit. Wie so oft wurde die Wartezeit zum Wartesaal, Umsteigeplatz vieler anderer Freundschaften. Nur dem Concierge ging er ein wenig aus dem Weg. Er schätzte die traditionellen Tugenden nicht, die Regeln, nach denen man die gegnerischen Angehörigen von Verbündeten zu hofieren hat. Zwar hatten sie die Concierge nicht eingeweiht, doch betrachtete er jeden als Verbündeten, der das Spiel der Signale mitspielte, ohne sich offiziell als Komplize zu deklarieren. Die Cousine, eine üppige, olivhäutige Dreißigerin, freundlich, ein wenig träge wie vom Genuß vieler Pfannen öltriefender Safran-Paellas, hatte einen Schlüssel zur Loge, Gonzáles, der fürchtete, sein eigenes Paket mit den Belegexemplaren des *Miroir Noir* sei vielleicht in der Eile dort vergessen, denn es waren schon fast zwei Wochen, daß die Zeitschrift an den Kiosken ausgeliefert war, wurde aufgefordert, sich am Nachmittag dort einzufinden und in Begleitung von Maria, so hieß die Cousine, nach dem Paket zu suchen. Schnellfüßig war er nun, frei zur Flucht – doch fand er sich im Handumdrehen, bei von innen verschlossener Tür und vorgeschobenem Vorhang, auf dem Sofa und zwischen den üppigen Brüsten der lebenslustigen Cousine. Das Sofa war mit geblümtem Stoff bezogen, auf dem Kamin tickte eine Pendule, die vermutlich ein portugiesisches Erbstück war, und die Zunge der jungen Frau schmeckte wie ein in der Sonne gebackener Leguan. Sie trug ziegelrote Wäsche und hatte viele Haare auf den Beinen, was – wieder gewisse Kenner – als Zeichen von Rasse interpretieren mögen. Nach einer nach Rosenwasser und Baby-Creme duftenden Liebesstunde entließ sie ihn in Frieden und hetzte ihm weder Brüder noch Onkel auf den Hals, um für den Genuß zahlen zu lassen. Statt dessen saß ihr, da er keinen Versuch machte, dieses Erlebnis zu wiederholen, seither ein Zwinkern im schalkhaften Augenwinkel. In nachdenklichen Minuten grübelte Luis verdüstert über die Figur seiner Passion nach, die durch solche zufälligen Abenteuer, in die jeder Wartende auch ohne eigene Schuld geriet, relativiert oder mit Grauschleier überzogen wurde, verglichen mit dem Glanz, mit dem sie zuerst ausgestattet war. Relativiert, vom Sockel gestürzt, in den Staub gefallen? Und er erholte sich von dem düsteren Druck seiner Grübelei und verglich seine Liebe mit einem kleinen Stier, dessen Maul die ihm zugespielten Opfer verschlang, auch wenn er keinen Appetit hatte. (Maria war kein unterernährtes Opfer und hatte keine Zeit verloren, um verschlungen zu werden.) Eher schnappt das Maul eines Stiers an einem Pfuhl eine Horde von Fliegen, als daß er sie mit seinem Schwanz vertreibt.

Im Irrgarten war ein Teich, den ein früherer Besitzer hatte anlegen lassen: flach, rechteckig, gerahmt mit einer einfachen Leiste aus hellem Sandstein. Wenn sich auch inzwischen ein paar Seerosen auf dem Teich breitmachten, blieb er doch mit seinem moosgrünen Grund ein Spiegel der Blätter und Bäume – jener Besitzer hatte vermutlich ein dilettantisches Faible für Bühnenbilder, deshalb war der Garten seit Jahren geschlossen. Ein nutzloser Garten, Kieswege und Hecken aus Sträuchern mit Knallerbsen und Schneebällen mäandrierten in einem romantischen Verwirrspiel um den Ausgang herum, der durch eine große Skulptur verstellt war: ein bemoostes meterhohes Wandstück aus Sandstein, in dessen Mitte ein riesiges offenes Maul einen Oger darstellte. In besseren Zeiten mochte ein Wasserstrahl aus dem aufgerissenen schrecklichen Schlund in ein kleines Becken fallen, dessen Halbmond-Form heute kaum noch zu erkennen war. Rechts und links hinter der Ogerwand führten zwei schmale Pfade auf den Weg zwischen den Gärten. Offiziell betrat man den Garten durch ein kleines Pförtchen, das seit dem Tod des letzten Besitzers verschlossen blieb. Der Literatur-Professor, den die Kinder Monsieur *Pas-Ici* nannten, machte in professoraler Kurzsichtigkeit keine Anstalten, den verwunschenen Garten zu erwerben, obwohl er größten Wert auf seine Arbeits-Ruhe legte und darauf, daß der Garten vor seinem Fenster geschlossen blieb. Doch wenn das Syndikat den Garten allen Bewohnern zugänglich machte, statt Sandkasten den flachen Teich beließ, in dem kein Kind je ertrinken könnte? Doch wenn man die alte bröcklige Stele mit Hermeskopf abbrechen ließ, an der sich nicht nur sein Blick erfreute, weil sie den 19. Jahrhundert-Charakter des Ensembles unterstrich?

Gonzáles geriet eines Mittags in den verbotenen Garten. Die Arbeiter, die den Drahtmaschenzaun reparierten und die Mauer ausbesserten, die als Sockel des Zauns um den Garten lief, hatten Mittagspause und vergessen, das Törchen zu verschließen. Es stand angelehnt, und dieses Mal war es vielleicht die Gunst jenes stummen Hermes, die Gonzáles den Blick für die offene Pforte und das Gespür für die richtige Sekunde verlieh. Er ging durch die Pforte, ließ sie ins Schloß fallen, folgte den Mäandern, die an den Wegbiegungen überraschende Ausblicke, Perspektiven auf niedrige Lauben mit flachen Steinbänken eröffneten, pries ihre Anmut, verglichen mit den gedrechselten Irrgärten vieler öffentlich zu besichtigender Schlösser aus dem 18. Jahrhundert, und fand – genau in der Mitte, auf einer Steinbank am Kopfende des Teiches: Dolores, das kupferrote lange Haar leuchtete wie eine Fahne zwischen dem grünen Laub, und sie war in ein Buch vertieft. Es wäre zu unwahrscheinlich, wenn es ausgerechnet sein eigener alter Roman gewesen wäre – *Schwarze Spiegel im Labyrinth* –, und ehe er sich entschließen konnte, einen Blick auf den Titel zu vermeiden, um nicht enttäuscht zu werden, schlug sie die Augen hoch und erblickte im Wasserspiegel zwischen den wenigen Seerosen Luis Gonzáles. Man sah keinen Atem stocken, doch daß sie die Augen nicht aufschlug, um den Ankömmling zu begrüßen, sondern sie wie schlafend auf dem Wasser ruhen ließ, hätte dem Beobachter verraten, daß an diesem Ort keine aufgeräumte Konversation unter Nachbarn stattfinden würde. Gonzáles war kein Beobachter – auch wenn er seinen Vergleich des Stiers am Pfuhl, der Fliegen verschlang, bereits vergessen hatte – und hätte sich sicher leise zurückgezogen und das Bild der Lesenden mit in sein Haus getragen. Doch etwas – lassen wir es bei dem Vergleich mit der Führung des Hermes, der der Gott der verbotenen Verliebten ist – zog ihn an der Hand auf die Bank und an ihre Seite. Ich dachte gerade an Sie, sagte Dolores, als hätten sie sich schon hundertmal ohne Zeugen getroffen, ich weiß nicht warum, aber das Wasserbild erinnerte mich an Ihre Palast-Ruinen.

Hatte sie doch – das Buch gelesen? Im Wasser war nichts

zu sehen. Nur Blätter und Wolkenfetzen. Doch – auch die endlosen Fensterreihen und Stockwerke jenes Hochhauses, das hinter der Mauer zur Rue Blanquette vor einigen Jahren gebaut war, schimmerte zwischen den Bäumen im Wasser. Bei Marivaux wäre jetzt, mit mittäglichem Vogelgezwitscher, die Stunde koketter Liebesvorwürfe gekommen: Flieder für die Concierge, eine belauschte Liebesstunde mit deren Cousine, Wand an Wand zu ihrem eigenen Zimmer. Doch die Stunde war da, die Vögel schwiegen, die Stunde der Nachgiebigkeit – um nicht pathetisch zu sagen: des Vergessens oder Verzeihens – und des Schweigens. Lange saßen sie da, mal ihr Köpfchen auf seiner Schulter, mal ihre Gesichter von ihrem Haar verdeckt, wenn sie sich küßten, und auch wenn Gonzáles nichts wahrnahm, erinnerte er sich später doch ihrer geschlossenen weißen Augenlider und des Geruchs ihrer Haare, sie mußte ein Farnshampoo für ihre Wäsche benutzen. Sicher wären sie unter den Büschen auf ein Liebeslager gesunken und hätten sich nicht mit diesem romantischen Rendezvous im Freien begnügt. Halbnackt war sie schon und trug unter der weiten weißen gesmokten Batistbluse keine Wäsche, sondern ein Korsett aus écrufarbener Seide, das vorn aufzuknöpfen und im Sommer auch ohne Bluse zu tragen war. Halbnackt war sie schon – und zeigte die weißen, perlmuttweißen Kugeln ihrer Schultern, hatte den ... wie es im Film von Fanny Ardants Herzogin Guermantes heißt ... Dorn in seiner Hose ergriffen, als die Stimmen der von ihrem Mittags-Viertel Rotwein erheiterten Arbeiter durch die Hecken zu hören waren. Blitzschnell schloß sich die Bluse, verabschiedete sich das Paar unter weiteren Küssen, sie schlüpften hinter dem Rachen des Oger nacheinander hinaus, erst sie, dann, in gebührendem Abstand, er, im Arm ihr vergessenes Buch, als Pfand.

Am Abend lag sie im Bett und las ein Kapitel in seinem Buch. Vater und Sohn sahen sich einen späten Western im

Fernsehen an, und die Tür zum Nebenzimmer war schon geschlossen.

»Hinter den weißen Schiebetüren zum Eßzimmer war ein Getöse zu hören, als hätte jemand das ganze Tischtuch heruntergerissen, und Deckelschüsseln und Gläser polterten zu Boden. Dann Stille, minutenlang, glaube ich. Die zwei hinter der Tür mußten sich anstarren, über den Tisch hinweg, oder vielleicht war einer aufgesprungen im Streit, so daß das Gleichgewicht der Gegner zerstört war, einer stand, einer saß, und der Rauch einer Zigarre zog unbeirrt unter der Türritze hervor in das sogenannte Grüne Zimmer, das Eßzimmer und Salon voneinander trennten. Das Mädchen hatte Ausgang und hatte für Papa und einen Gast kalten Yorkschinken und Eier in Gelee bereitgestellt. Man bediente sich selbst, und Mama war seit Wochen fort. Fort, in einer Klinik in der Champagne, und ich wußte, man sagte mir nicht die Wahrheit. Sie würde nie mehr zurückkehren. Ich weiß nicht, warum ich aufgestanden bin, ich lag schon seit einiger Zeit im Bett und konnte nicht einschlafen, zum Lesen war es zu spät, länger als eine Viertelstunde war mir nicht zugestanden, die Erwachsenen glaubten noch immer, daß langes Lesen vor dem Einschlafen schädlich sei für die Nerven. Für Mondstrahlen-Zählen war ich zu alt und Schäfchen-Abzählen war irgendwo bei hundertdreiundfünfzig unterbrochen, weil ich an Mama und ihre ferne Klinik denken mußte. Sie würde mir einen Karton Champagner mitbringen, hatte sie versprochen, wir würden ihn aufheben für meine Verlobung – die Erste Kommunion hatte ich gerade hinter mir – oder für den Fall, daß ich auf die schiefe Bahn geraten wäre wie … und es kamen Namen von schwarzen Schafen, die die Familie verlassen hätten und in wilden Ehen lebten oder in Italien. Ich weiß nicht, warum ich aufgestanden war, vielleicht hatte ich mich an die Etagère erinnert, die im Grünen Zimmer, das auch Mamas Boudoir war, in dem sie Briefe schrieb und eine intime Freundin empfing, auf einem achteckigen Nähtischchen stand: mit leuchtend roten, moosgrünen und goldgelben kandierten Früchten. Ich schlich mich auf nackten Füßen in dieses Zimmer, das durch zwei kleine Lampen auf Mamas Sekretär schwach erleuchtet war. Da kam das Getöse, der Zigarrenrauch, ich vergaß, was ich hier wollte, und auf der Seine fuhr ein Schiff vorbei, eine Peniche, die irgendwo weiter östlich vor Anker gehen würde. Ich kannte die Stimme nicht, die sprach, weil ich Onkel Charles hier nicht erwartet hatte, ich sah ihn nur selten, fast nie, und nur von ferne bei einer Geburtstagsfeier von Großmama oder ... Aber er mußte es sein, denn er sagte, Henri, du als der ältere von uns Brüdern hättest wissen müssen, daß ich mich aus der Affaire ziehen würde. Eine Frau von dreißig Jahren – und ein junger Mann – was ist Ungewöhnliches dabei, in einer Stadt wie Paris. Es spielt keine Rolle, ob Madeleine dreißig ist, ob sie die eigene Schwägerin ist, solange wir niemanden stören, hielt ich die Sache für erlaubt, und, wenn ich ein Zyniker wäre, würde ich sagen, es bleibt wenigstens in der Familie. Kein Grund, ein Strafgericht abzuhalten – ich könnte dir damit kommen, daß die Frau eines beschäftigten Zeitschriften-Herausgebers ein wenig ... vernachlässigt ist. Ihre Jugend ... sie geht zu schnell dahin ... immer kann sie nicht die Bonne ersetzen und mit Louise spielen, immer kann sie nicht ihre Klavier-Etüden üben oder eure Gäste mit amüsanten Geschichten unterhalten. Ich glaube, im Grunde brauchte sie nur einen Begleiter für ihre Streifzüge durch das verbotene Paris. Warum also hast du mich herzitiert?

Pause. Papa mochte an der Zigarre ziehen. Dann fragte er, glasklar und wie gestochen: Und wenn sie ein Kind bekommen hätte?

Pause. Verwirrung in Charles Stimme. Aber ... stotterte er, sie ist schließlich kein Kind mehr, in solchen Dingen.

Lange Pause. Dann die Stimme von Papa, müde, resigniert. Du bist ein ewiger Taugenichts, mein lieber Bruder. Begehst

Ehebruch mit einer Frau, mit der du Schiffchen in einem Bassin vor dem Luxembourg-Schloß schwimmen läßt. Ich halte die Debatte für beendet.

Ich schlich mich ins Bett zurück und hatte noch immer eiskalte Füße, als ich die Wohnungstür aufgehen hörte und im Treppenhaus die Schritte von Onkel Charles.«

Im Mittelhaus fand sich eine Spur. Zwei Blätter, die denen im Glaskasten ähnelten, lagen im Treppenhaus neben dem düsteren Durchgang auf dem Boden.

N° 10

Monolog des Löwen

Und der Löwe sprach:
»Die Welt ist tief, tiefer als das Innere einer Kugel. Eher geht ein Faden durch den Brennpunkt der Weltkugel, als daß der Welt-Geist die Kunst besiege.«

N° 11

Abendamsel

Kenner hielten sie für eine Nachtigall. *Komm Trost der Nacht / O Nachtigall / Laß deine Stimm mit Freudenschall / Auffs lieblichste erklingen:* Grimmelshausen, Lied des Einsiedlers aus dem *Simplicissimus*, und Kenner verstanden sich auf barocke Lyrik, nicht nur auf Dreißigjährigen Krieg und auf Embleme der *Melencholia* (I, II etc.), der Vanitas, in der die Nachtigall schon ihr vom Ast gefallenes Spiegelbild besingt, wenn sie auf der Tafel als Krammetsvogel serviert wird. Rar war der Überfluß, auch Pantagruel & Gargantua waren Speisendichtung in frugaler Zeit. *War ich einst die Nachtigall / Hörtest mich mit frohem Schall / Kamen Mundschenk & der Koch / Fanden mich im tiefsten Loch / Boten Speise an dem Fürsten / Tat ihn dennoch weiter dürsten.* Auf dem Silberteller serviert, der Bratvogel. Was nimmt der Kenner nicht alles für eine Nachtigall, für einen Krammetsvogel, wenn in der Finsternis des Krieges, nicht nur im Sonnenglast der Wüste, der Seele und des Leibes Nöte sich Nachtigallen wünschen und Krammetsvögel – durchs Ohr zur Seele, durch den Mund zum Magen. Und manchmal geht es umgekehrt – welch selige Enttäuschung – der unscheinbare Vogel, Lerche, war es nicht, es war der Liebesvogel, Shakespeares Nachtigall. Verwirrspiel, Frage – Antwort, wer liebt, dem ist nichts klar, nimmt Nachtigallen wohl für Lerchen – und wen die Lieb' verlassen hat, der irrt durch eine öde Welt, und Leben ist nicht länger Traum, kein Cálderon gibt einen Wald zum Schlafen für den Prinzen. Doch manchmal ist ein Baum, am Abend, noch kam nicht die Nacht. Die Zeit ist öde, Wälder abgeholzt, Alleen, die Söldner sind schon abgezogen, am Horizont erheben sich die Kernkraftwerke. Der eine Baum genügt. Daß Kenner glaubten, eine Nachtigall zu hören. (Wir geben zu, es gab ja doch noch einige andere Bäume.) Zerstückelt und verwüstet ist des Landes Körper, an Bäumen, angekohlt, da hängen Leichen, sprechend, darunter schläft der Wanderer, des Lebens Pilgerer. Vom Rauschen sauren Regens eingeschläfert. Die Zeit ist finster. Mal wieder Krieg – die Scheiche sperren uns das

Öl, Europa liegt in Finsternis & Kälte. Ein bißchen Plastik wird gespart, am Sonntag herrscht ein Fahrverbot – und Sonnenenergie löst die Probleme nicht. Die Scheiche, Herrscher über unsern Okzident. Wie lange dieser Krieg schon dauert? Da sitzt im Kirschbaum eine Amsel, der Abend naht, es ist schon Abend, vielleicht nach einem Regen? Stille? Und lautes, süßes, einziges Singen – die Botschaft war vernommen, Abendamsel und – keine Nachtigall. Kein Trost, nur dieses Singen, der Pilger hält den Atem an und lauscht entzückt. Die Laute, Flötentöne, so klar im Abend, kein Blätterrauschen, das sie stört. Da bringt uns einer keine Botschaft. Die Welt, sie ist nicht eitel, und unterm Ast, da lauert noch kein Tod. Und Öl und Kernkraft sind egal – dem Vogel, der nichts weiß? Er singt. Der Kirschbaum fängt ein letztes Licht, dann ist ein großer Schatten. Er singt, sie kamen: Amseltöne, so laut, so klar, ein Jubel als Fragment, denn Melodien singt sie nicht, die Amsel – Abendamsel. Der arme Einsiedler der Nachtigall, er muß sich quälen – und moralistisch drüber schreiben? Nein, nicht französisch – der Christengott beauftragt Dichter hier, sich zu ermannen. *Ob schon ist hin der Sonnenschein / Und wir im Finstern müssen seyn / So können wir doch singen : / :*

Vielleicht hatte der Täter sie – aus einem Stapel mit anderen? – ausgerechnet zu der Zeit verloren, als oben im Pavillon du Midi die Luft rein war. Oder hatte er – wegen der Strategie der Affirmation – beschlossen, das Labyrinth mit Flugblättern zu terrorisieren? Das Leben – ein finsterer Durchgang. Botschaft einer unbekannten Sekte.

Der Hausdetektiv wurde aktiv. Er installierte sich – jedoch nur noch zwei Mal in der Woche – im Vorzimmer des kleinen Versammlungsraums des Syndikats. Es regnete seit Tagen, und treppauf treppab Recherchen durchzuführen, deren Protokoll er altmodisch auf lose Blätter tippte, die er in Pappdeckel-Ordnern katalogisierte, wurde mühsam. Der Zufall legte ihm ein neues Kuckucksei in den Weg. Er hatte sich angewöhnt, ohne bestimmte Absicht die Treppenhäuser des Zwischenhauses zu inspizieren. Es gab drei voneinander unabhängige Eingänge und drei der düsteren, braungestrichenen, enggewundenen Treppenaufgänge. Da sah er im mittleren Treppenhaus ein schwarzes Fahrrad an die Wand gelehnt und, auf dem Gepäckträger festgeklemmt, ein dickes Paket in einer Plastiktüte. Auf diesen kleinen offenen Abstellplätzen neben der Treppe standen oft Kinderwagen oder Kartons mit gelieferten Waren, auch Räder. Wollte jemand Dinge länger unterstellen, stand ein kleiner Verschlag unter der Treppe zur Verfügung, der sich abschließen ließ. Warum der Detektiv das Fahrrad näher in Augenschein nahm, hätte er nicht erklären können, es war Intuition und vielleicht nicht ganz gesetzmäßig, daß er die Tüte mit der Aufschrift MONOPRIX öffnete und durchsuchte. Im Innern der Tüte klebte ein Zettel mit der Nummer 27. Vielleicht war das die Nummer des Verteilers, denn der Detektiv fand einen Packen mit den Abzügen der Texte N° 10 und N° 11. Er konfiszierte die Tüte und erfuhr durch den Concierge, dem er den Fund verschwieg, daß das schwarze Fahrrad einem Journalisten im zweiten Stock des mittleren Gebäudes gehöre, der oft wegen Reportagen unterwegs sei und seine Wohnung dann einem Freund überlasse, der froh war, dort ab und zu in Ruhe arbeiten zu können. Zu Hause tobten zwei kleine Kinder. Als Entgelt gieße er die Geranien und bezahle die laufenden Elektrizitätsrechnungen.

Der Detektiv stieg hoch, und seine Suche wurde heute zu

einer labyrinthischen Reise. Im zweiten Stock öffnete ihm nach langem Warten ein angegrauter Intellektueller, der in einem heftigen Wortwechsel mit einem jungen Freund steckte. Was er durch die Tür hörte, ließ den Detektiv vermuten, daß es sich um einen Liebhaber handle, der dem Älteren eine Eifersuchtsszene mache. In der Wohnung lagen Zeitungsstapel herum, und durch die offene Tür sah der Detektiv einen jungen Mann im T-Shirt auf einem ungemachten Bett sitzen, neben sich einen vollen Aschenbecher mit Kippen und einen offenen unausgepackten Koffer mit verwühlter Wäsche. Über die Störung waren sie nicht amüsiert, aber das Fahrrad des Verreisten benutze er nie, sagte der Freund, seine Hauptwohnung läge gleich um die Ecke in der Rue Fontaine, und er gehe zu Fuß. Er glaube, das Fahrrad werde von der Großnichte einer Österreicherin benutzt, die im siebten Stock eine Atelierwohnung habe. Sie gelte allgemein als verrückt, habe das Atelier 1936 mit ihrem Vater, der Maler war, bezogen und es nach seinem Tod behalten. Seit 1936 sei keine Reparatur in diesem Atelier vorgenommen worden, das Syndikat habe wiederholt versucht, die Genehmigung für Erneuerung der sanitären Anlagen und Rohre zu erhalten. Aber jedes Mal hätte sie die vorgeschlagenen Arbeiten abgelehnt. Sie verlasse ihr Atelier seit Jahren nicht, wecke die Bewohner in der Etage unter ihr nachts gegen drei, weil sie sich dann ihrer künstlerischen Arbeit widme und mit Hammer und Meißel ihre Skulpturen beklopfe. Das Syndikat sei kein Überwachungsdienst, aber dennoch stünde zur Debatte, ob eine schwere Alkoholikerin ihre Umgebung gefährde, indem sie nachts im Suff Kerzen anzünde und Metall oder Steine bearbeite. Nächtliche Ruhestörung, mögliche Brandlegung und Verrottung des Ateliers – die Alte lebe auf einem Pulverfaß und wisse es nicht: die neuen Mieter unter ihr berichteten regelmäßig über die Störungen, und das Syndikat sei drauf und dran, ihr per Anwalt eine Klage zu schicken.

Der Detektiv stieg in den siebten Stock, warf einen Blick auf das Gewirr der Höfe und Gärten in der Tiefe und auf die Zinkdächer und Schornsteine der niedrigeren Gebäude und die Wolken darüber. Hinter der Tür zum Atelier war leise Musik zu hören, ein Klavierkonzert von Mozart. Eine zierliche Frau von etwa achtzig Jahren öffnete, sie trug einen grauen Pagenkopf, elegante enge schwarze Hosen und einen weiten schwarzen Rollkragenpullover. Im Atelier war das übliche Durcheinander von Tuben, Paletten, Dutzenden von Leinwänden, die mit dem Rücken zum Betrachter gegen die Wände gelehnt waren, und auf dem großen Tisch stand eine kleine Metallfigur, die ein wenig an Giacomettis langgezogene Körper erinnerte, und vor dem Fenster eine Schubkarre mit Metall- und Gesteinsbrocken. Das übliche Durcheinander – für einen gewöhnlichen Rentner mochte das Chaos unerträglich sein, aber dem Detektiv, dessen Sohn und Schwiegertochter Künstler waren, war der Anblick vertraut. Von den Balken hingen schwere Ketten wie für Galeerensklaven, und eine Katze stolzierte über einen Haufen rostiger Nägel, die wohl auf irgendeine Verschweißung warteten. Die sanitären Anlagen konnte der Detektiv nicht studieren, die Künstlerin bot ihm einen tiefen Sessel vor dem Fenster an, und er hatte einen poetischen Blick auf die verblühten Fliederbüsche im schräg gegenüberliegenden Garten.

So, das Syndikat hat einen Hausdetektiv angestellt, sagte die Künstlerin mit leicht sarkastischem Unterton und setzte sich ihm gegenüber. Solche Possen – wegen eines kleinen Künstlerscherzes – hätte man sich nur im Österreich der dreißiger Jahre vorstellen können. Diese Mischung aus Operettenstaat und Internierungslager brauchte nicht zu warten, bis solche Texte offiziell als entartet erklärt wurden. Nicht jeder Wiener Alpenbewohner war dekadent und aus der Schule Klimts oder Schieles – der mündige Bürger besorgte die Ordnung lederhosenkrachend und Mozart-Kugeln produzierend schon selbst. Und, wie ich höre, feiert der Nationalismus dort gerade fröhliche Urständ, und der Mann ist kein Komiker namens Moser, sondern ein Schauspieler, ein Medien-Star namens Haider. Aber hier, hier in der Wiege der modernen Kunst – sind ein paar Poesien und Possen Anlaß, uns alle zu filzen?

Es geht nicht um die Texte, Madame, es geht um die Taktik, die Bewohner zu psychoterrorisieren. Die Texte – sind bis jetzt den Leuten egal. Aber: der Kasten, in dem die Anschläge des Syndikats aushängen, ist … wie soll ich sagen: von Okkupanten, Besetzern? … den rechtmäßigen Eigentümern teilweise entzogen. Sie haben recht, an sich ist die Sache harmlos, vielleicht eine Künstler-Posse. Aber: Sie wissen doch, steter Tropfen höhlt den Stein. Und wir haben inzwischen elf, wie soll ich sagen: Überfälle auf das Nachrichtensystem der Cité. Ich bin überzeugt, das Syndikat wird die Polizei einschalten, wenn es sich nicht mehr vermeiden läßt. Solange es sich vermeiden läßt, werden sie die Polizei raushalten.

Sie schüttelte den Kopf. Diese Art von *law and order* unterstellt immer dem Gegner den Angriff. Erträgt nicht Unordnung, Störung, Charme der Störenfriede, so ähnlich heißt es in einer Studie über Heine – da sind ein paar Texte Anlaß genug, uns alle, heimlich oder offen, zu filzen. Ich wiederhole: nicht diese Texte sind *Biedermann und die Brandstifter*, das heißt, der Faschismus, der seinen Fuß zwischen Angel und Tür zum Parlament stellt. Eine umfassende Kontrolle durchzuführen, steht in keinem Verhältnis dazu, daß ein paar (vielleicht) Kindsköpfe, ohne es zu wollen, das faschistische Gesicht dieses Syndikats hervorkitzeln. Die Unverhältnismäßigkeit der sanktionierenden Mittel – ein altes Thema alltäglicher politischer Unvernunft. Übrigens, möchten Sie einen Cognac? Die Leute hier behaupten, ich trinke Cognac, wenn ich Tee zu trinken vorgebe, und Gin, wenn ich ein Wasserglas neben mir stehen habe.

Der Detektiv nahm den Cognac an, und den Tee, den die Österreicherin, mit bürgerlichem Namen Binsenwanger, auf einer Kochplatte hinter einem Vorhang zubereitete. Also hatte sie keine richtige Küche und wußte auch nicht, wie verdächtig sie sich durch ihr Gerede gemacht hatte. Es regnete auf den Flieder, und der unmusische Detektiv spielte weiter die Rolle des Hauspolizisten. Ja, es sei möglich, daß ihre Nichte gelegentlich das Fahrrad von Monsieur Pontalis benutze, sie fürchte, Erika habe sich auf einen Flirt mit diesem ewig abwesenden Reporter eingelassen. Das sei wohl der wahre Grund, weshalb sie sich so angelegentlich um ihre Großtante kümmere. Sie studiere seit zwei Semestern in Paris Photographie und wohne mit einer Freundin unten an Notre-Dame-de-Lorette. Dann kramte sie ihr Adreß-Buch hervor und schrieb Namen, Adresse und Telephon auf einen Zettel.

Das Syndikat hatte, wie sonst für die Jahresversammlung, einen großen Raum gemietet, in dem sich ungefähr zweihundert Personen einfanden. Sie trafen sich in cinematographischem Dämmerlicht, zwischen violetten Wänden, purpurroten Vorhängen und Sesseln, Klappsessel-Reihen, mit großen Lampen, die auf langen gewellten Armen wie in einem Cocteauschen Film aus der Wand kamen, Tüten, spitze Clownshüte trugen, übersät von sternengezackten Öffnungen, durch die das Licht in den Saal fiel. Eine Gespensterversammlung von bekannten Gesichtern, die in der seltsamen Beleuchtung dieses fensterlosen Raums grünliche Haut und rötliche Haare bekamen. Das Kino war 1928 von Künstlern wie Cocteau gegründet, und auch Buñuels *Andalusischer Hund* war hier aufgeführt worden. Es lag in der Rue Tholozé, schräg gegenüber der nördlichen Porte des Labyrinths in der Rue Véron. Die Quartierbewohner hatten hier ein kleines Kino mit großer Tradition, verglichen mit den Kinopalästen, in denen ein Dutzend Kinos mit meist kleiner Leinwand untergebracht waren. Ein paar Stufen führten von der Straße in den Gang mit der Kasse, an dessen Wänden Plakate mit Vorankündigungen und schwarzweiße Star-Photos hingen. Am Ende des Gangs eine kleine Bar, an der die Kinogänger ein Glas Champagner tranken, und links die Klapptür zum Saal.

Zu den Versammlungen des Syndikats kamen nie alle Bewohner – oder besser: *Coproriétaires*, denn die Mieter hatten hier nichts verloren. Es gab chronisch Abwesende, die eine vorgedruckte Vollmacht unterschrieben und einem Nachbarn gaben. Man konnte es für interesselos halten, daß sie sich nicht an Abstimmungen über Reparaturen, Abrechnungen, Finanzverwaltung und Streitprozesse zwischen den Bewohnern beteiligten. Eine Versammlung hatte nur einen Nachmittag zur Verfügung – für vierhundert Stimmen genügte die Zeit nicht. Auch stand der ganze Gebäudekomplex unter Denkmal-Schutz, er trug das Etikett *Monument Historique*, sensationelle stilistische Veränderungen waren untersagt. Ein Verbot, das nicht verhindert hatte, daß in manchen Ecken doch Beton statt Kopfsteinpflaster verwendet worden war oder im öffentlichen Garten plumpe Bänke auf Betonsockel standen, die den vorgeschriebenen Historismus unterliefen. Die Statuten sahen vor, daß bei Abstimmung eine einfache Mehrheit genüge, vorausgesetzt ein Drittel der Bewohner waren in persona anwesend, ein zweites Drittel per Vollmacht. Das dritte Drittel mochte geschehen lassen, was die Versammlung beschloß. An einem Tisch vor den Stuhlreihen saß das Präsidium: die Präsidentin, der Co-Präsident, die Sekretäre, die Vermögensverwaltung, die Buchhaltung, zwei Anwälte und eine Beratung. Alle Teilnehmer hatten vorher seitenlange Papiere erhalten mit dem heutigen Programm. Überflüssig zu betonen, daß es wie überall in Versammlungen Sektierer gab, die den Gang stundenlang aufhielten. Überflüssig zu fragen, ob die Wahl eines fensterlosen Raums eine unfreiwillige Spiegelung des

Labyrinth-Motivs darstelle und das Kino einen Bruch mit der Auffassung vom Leben als Theater. Denn im Kino spielt sich *Theater* (fixiertes) auf der Leinwand ab, und die war hinter dem Vorhang verborgen. Dennoch ließ die Versammlung keine gähnende Langeweile von Zuschauern aufkommen, die aus dem Mitspiel verbannt sind. Eine Weile wirkte die Gespenstergesellschaft wie Leute an der Börse, die sich mit Zurufen überschlagen. Den Leser mag es verwundern, daß eine heterogene Gesellschaft der Gegenwart Stunden opferte, um über Tierfabeln (wenn man sie so bezeichnen wollte) und ihre provokative Rolle am falschen Ort zu debattieren. La Fontaine kannte hier jeder, ein erbaulicher Pfad für Poeten, die den Passanten auf Begleitschildern Poesie böten, gehörte nicht zum aktuellen Programm, und an den *Andalusischen Hund* als geistigen Vater der ganzen Aufregung dachte auch keiner. Doch konnte dieses Treffen im leicht funzligen *poetischen Raum* einer längst verschwundenen Generation von Jongleuren (Gauklern, fahrenden Sängern, die Künstler heißen) als erste Szene eines Gesellschaftsspiels gelten. Denn es gab Witzbolde, die behaupteten, die Frage, ob Kunst Terror, Angriff auf die Norm (den Glaskasten, den Informationsfluß, das Syndikat) sei oder reines (nicht unverbindliches) Spiel, sei vielleicht nie zu entscheiden. Statt dessen solle sich jeder am Wettdichten beteiligen. Vielleicht winke am Ende ein Preis oder ein Umtrunk. Diese Witzbolde unter den seriösen Bewohnern der Cité – es gab auch Besitzer von *Pressing*, von *Boucherie*, von *Pharmacie* unter ihnen, es gab kleine und große Geschäftsleute, Angestellte, Lehrer und Krankenschwestern – gehörten natürlich dem Volk der Jongleure an: traten auf in Cabarets und auf kleinen Bühnen, an denen die Gegend um die Place Blanche so reich ist. Möglicherweise lasen sie in der Wahl des Ortes das Signal zu solch verspielten Vorschlägen. Und Louis Gonzáles amüsierte sich unter einem grauen Zylinder, der keinen hier in der Gegend erstaunte, da die jungen Leute der

Rue des Abesses alle verkleidet herumliefen wie die Freunde von Dolores. Er sagte nichts, wechselte nicht einmal verschwörerische Blicke mit der Präsidentin, die mit einer koketten schmalen Gondel auf dem Kopf erschienen war. Ein Netz-Halbschleier mit schwarzen Punkten fiel bis zur Nasenspitze, und als sie ihn hochschlug und um die Gondel drapierte, ertönte aus den hinteren Reihen ein – ungehöriger – Pfiff. Sie trug mit sachlich-routinierter Stimme den Fall als ernsten Störfall im Reglement der Cité vor und wartete auf Vorschläge des Präsidiums und der Anwesenden im Zuschauerraum. Mit Speck fängt man Mäuse, sagte einer der jungen Advokaten, wir sollten dem Unbekannten einen Preis aussetzen unter der Bedingung, daß er sich zu erkennen gibt. Das Syndikat als Fallensteller, sagte der andere Anwalt, man müßte den Glaskasten zur Falle für den Wilderer machen. Meine Damen und Herren, erhob sich einer der Zuhörer zu voller Größe, das alles ist Gerede, das zwar dem heutigen Ort unserer Versammlung angemessen ist und auch dem seltsamen Vexierspiel der Texte. Aber: ein Syndikat hat seine Überwachungs-Funktion auszuführen, und zwar auf effizienteste Weise. Das heißt: Installierung einer Alarmanlage und Video-Überwachung. Protest unter den Hörern. Denken Sie an die Kosten, hieß es, die wenigsten unter den Co-Propriétaires sind begütert. Das Gros zahlt die Unkosten und keinen Pfennig mehr. Der Vertreter der technischen Überwachung ließ sich nicht beirren: außerdem muß ein elektronischer Automat mit Bildschirm im Pavillon du Midi installiert werden, ähnlich den Distributeuren der Banken, an denen der Kunde Informationen und Geld ziehen kann. Jeder Bewohner gibt einen Code ein, liest die nötigen Informationen ab und läßt sie sich ausdrucken, als Gedächtnisstütze und Abfallvermehrung. Die Nostalgiker unter den Bewohnern bekamen kalte Füße: Video-Kamera, Alarm-Anlage, Bildschirm-Nachrichten-Automat. Wo bliebe der Charme des Pavillon du Midi, seine alten Kachelfußböden, die gelackten Treppen, der Geruch von Provinz-Quartier inmitten der Kapitale? Wo bliebe die Gleichzeitigkeit verschiedener Epochen in der Gegenwart? Die Cité – ohnehin zugänglich an drei Porten und vielen Haustüren durch elektronische Codes – mochte noch ein wenig den Schlaf des 19. Jahrhunderts ausströmen. Gasheizung, Elektrizität, Computer hatten seit längerem fast überall Einzug in die Haushalte gehalten. Das Präsidium verzichtete zunächst auf die kostspieligen Lösungen. Schließlich war die Cité kein hochindustrialisierter Betrieb, sondern ein mittleres Wohngelände, das praktisch verwaltet werden mußte. Sie setzten einen Brief an den unbekannten Täter auf und stellten ihm ein Ultimatum. Keine gravierenden Sanktionen, wenn er sich jetzt zu erkennen gäbe und seine *Sendungen* an die Leserschaft einstelle. Im anderen Fall drohe Dauerüberwachung mit geschulten Polizeihunden. Unterzeichnet: Paris, den ... Das Syndikat. – Zum Abschluß erhob sich die Präsidentin und verlas N° 12, die vor einigen Tagen, wieder im Glaskasten, erschienen, publiziert war.

N° 12

Seehund am Meerbusen

Ein Seehund sah alle Themen der Literaturkritik verloren. Traurig hingen seine langen Barthaare herunter, denn nach dem Ende der Avantgarde war keine Literatur entstanden: große, wahre, echte, philosophische, gesellschaftspolitische, artifizielle, experimentelle und wie die Etiketten lauten mochten. Als er nun traurig, vergrübelt wie ein Walter Benjamin unter dem Saturn, ein Trauerkoloß im schwarzen Gewand, an seinem Schreibtisch saß, traten im selben Moment zwei weibliche Wesen in seine unbefriedete Denkzelle.

»Ein Seehund«, rief die eine von beiden, es stellte sich heraus, daß sie eine Nixe war, und legte ihm ein Manuskript auf den Schreibtisch. »Endlich Literatur«, sagte die andere, die ein Windhündchen war und eine Kritikerin, »aber ich war die erste.« (Ich glaube, sie waren beim selben Sender, der Seehund und das Windhündchen.) Leider verfügte die Kritikerin, ganz delikater Greyhound für die Noblesse, über ein schmales Gesicht, das gerade die nötige Prise von Zickigkeit und Neurotik hatte, um ihre grazile Schönheit nicht banal erscheinen zu lassen. Ihre Affaire dauerte drei Tage, dann fiel sie, die Schöne, dem *Bocksgesang* eines unsterblichen *großen* Schriftstellers, der nach ihrem Urteil *wunderschöne* Bücher schrieb, zum Opfer.
Pech für die Nixe. Der Kritiker hatte zwar inzwischen entdeckt und ihr per Brief mitgeteilt, daß ihre *Epiphanien* phantastisch waren, aber ihr *Sturz durch den Horizont* zu akademisch sei. (Da stand es: Ton eines Oberseminars.) Notstopfen-Muse konnte sie nicht mehr spielen und schickte ihm als Antwort eine alte Platte der *Neuen Deutschen Welle. Dadada, ich lieb dich nicht, du liebst mich nicht, dadada,* die gleiche Leier. Beim nächsten Manuskript gerieten sie ins selbe Gewässer: *Meerwasser.* War auch dies Wasser zu tief? Wie sollten die Königskinder doch noch zusammenkommen? Seehund und Nixe – im Meer … der Erinnerung?
Zu erinnern gab es im Meer der Kindheit: es war das Porträt eines elfjährigen Mädchens, das einen winzigen Seehund auf seinem Arm trägt. *Geheime Korrespondenzen?* (So nannte Benjamin auch sürreale Verbindungen, die plötzlich aus

dem Grund auftauchen und auf dem Meeresspiegel sichtbar werden.) Die Autorin muß ihren Fischschwanz abwerfen und wieder zum Kind werden. Auch der Seehund muß sich wieder ins Miniatürchen verwandeln, das Spielhündchen. So trägt sie ihr Wiegenkindchen am kindlichen Busen, wie in anderen Geschichten die Melusine getragen wird in winziger Schachtel, und nur zu geheimer Stunde wird sie groß und zur Geliebten. Wer es sieht, das böse Auge, durchs Schlüsselloch, verbannt sie für immer zurück in die Schachtel. Gefährlich leben die Miniaturen-Figuren, am Meerbusen.

Überwachen (und Strafen … und Wegschließen und … Variationen) standen am Horizont. Doch der Nachmittag war schön. In den Gärten wuchsen die Blätter fast stündlich und verhängten den Durchblick mit lichtem Maigrün. Ça pousse, sagte die – gerade wiederhergestellte – Concierge zu jedem, der ihr über den Weg lief, ça pousse, es treibt. Es treibt das Grün aus allen Knospen, der Rheuma-Anfall ist vorbei, antwortete ihr ein alter Schriftsteller, der seine kärgliche Rente im siebten Stock, in einem Dachzimmer des Pavillon du Midi, verzehrte und jeden Tag neu über den Ausblick auf Gärten und Atelierhäuser begeistert war. Der Verdacht: *Big Brother is watching you* hatte das Klima noch nicht vergiftet, obwohl es sicher den einen oder anderen Paranoiker gab, der überall in der Gegenwart Abhorch-Anlagen und versteckte Kameras vermutete, auch ohne Bürgerwehr und Terroristen, die mit *klammheimlicher Freude* jede Spur von Angst registrieren mochten, mit der die neue Textgranate ins Gelände fiel. A propos: die Metaphorik von Literatur und Krieg, Kampf verfügt über ein breites Repertoire im letzten Jahrhundert. Doch selbst der alternde Gonzáles, der ein Anhänger der Leiris'schen Metapher von der Literatur auf Leben und Tod und ein Gegner von Literatur als unverbindlicher Geistreichelei war, scheute den Griff zum Revolver, per Literatur. Revolutionäre Taten der Kunst-Aggression mußten nicht unbedingt länger die Grenze zu Labyrinthen, Elfenbeintürmen, Inseln sprengen. Wenn der symbolische Akt – ein Rasiermesser schneidet durch das Auge eines Esels in Buñuels Film – die reale Gewalt ohnehin auf den Plan ruft.

Julio streifte verträumt durchs Gebüsch. Da rächte sich, daß er seit kurzem den Indianer- und Mantel-und-Degen-Spielen entlaufen war. Denn er hatte den Blick für Gefahr verloren, für Spurenlesen, Anschleichen und Tier-Stimmen-Imitation als Verständigungsmittel für die Verfolger. In den Bäumen schlugen die Finken. Eine Amsel flatterte aus dem Gebüsch auf und taumelte, den Eindringling weglockend, über den Weg. Pfingstrosen öffneten sich rot hinter Drahtzäunen. Eine Uhr schlug weit weg, Kirchturmuhr von Saint-Jean. Da legte sich ihm eine Hand auf die Schulter, und jemand sagte leise: komm mit. Ohne Aufsehen. Vor der Haustür seiner Mutter spielten die Kleinen Jojo und jagten Emile mit Holzrollen, die, in die Luft geworfen, auf zwischen zwei Stöcke gespannten Bändern aufgefangen wurden. Die Hand blieb fest auf der Schulter und lenkte ihn zwischen den Gärten zum Hof vor dem Pavillon des Tilleuils. Sonst übten Größere an dem Mauerstück – hinter dem das Gegenlabyrinth lag – Ball oder Tennis. Niemand zu sehen. Seitlich führte eine glasüberdachte Treppe vom Hof in den Keller. Die Tür öffnete sich, und ein Dunkel umfing ihn, der keinen Schritt weiter gehen wollte. Geh weiter, knurrte die Stimme, und Julio stolperte über festgestampften Lehmboden mit Löchern und Kuhlen, zwischen dicken Mauern, an denen jetzt Notleuchten unter der Decke ein fahles Licht auf dicke und dünne Rohre und Leitungen warf. Rechts und links Kellertüren, kein Mäusegeraschel zu hören, es ging um viele Ecken, durch offene und geschlossene Zwischentüren, kein Laut in den Verliesen, in denen Bewohner alte Akten oder den Weinkeller unterbrachten. Auf einem Schemel saß jemand, Wachtposten, neben einer Tür mit der Nummer 47, wer das Gelände kannte, hätte gewußt, daß dieser Keller unter dem Pavillon des Terrasses lag. Neben dem Mann saß ein Hund, Mischling aus Schäferhund, Rottweiler, die Ohren gespitzt. Der Mann mit schwarzer Tuchmaske öffnete jetzt die Tür, vor der sie gewartet hatten, und sie trafen dieselbe Anordnung an wie die Bewohner im Kino. An der Stirnseite des Kellers ein Bürotisch mit Architektenlampe: drei Strahler auf Metallfuß. Davor ein paar Stuhlreihen mit leeren Sitzen. Mit dem, der Julio geholt hatte, waren sie fünf, alle mit einem Mundtuch oder einer halben, dreieckigen Tuchmaske verkleidet. Sie setzten Julio auf den Stuhl hinter dem Tisch, Gesicht zum Kellerraum, und posierten sich auf den Stühlen. Ein einziger Strahler richtete sich auf sein Gesicht und eine erste Stimme befahl ihm, die Taschen zu leeren. Es kamen: ein 20-Franc-Stück, ein Taschentuch, ein Schlüssel und ein zusammengefaltetes Blatt. Das Blatt wurde konfisziert, überflogen, und eine Stimme sagte, das ist von der Gegenpartei. Sie legten das Blatt auf den Tisch und befahlen, den Text laut zu lesen. Und Julio las, mit stockender, stotternder Stimme.

N° 13

Salm – Erster Klasse

Mohnblüten schwankten im Wind, und der Fluß glitzerte in der Sonne und kräuselte sich in vielen winzigen Wellchen. Eine Szene in Frankreich. Fünfziger Jahre. Wo war heute deren Düsternis – Flußschiffe und Laster mit Kohle? In der Mitte des Flusses tanzte ein Fisch einsam vergnügt auf weiter Wasserflur. Schlank und rank sprang er in die Lüfte wie schottischer Lachs, wenn er die Flußschnellen zur Quelle überwand. Kinder rannten ans Ufer – den Fisch, den kannten sie nicht. Wohl erzählten die Alten, daß in Verträgen der Hausmädchen, der anspruchsvolleren Hausmädchen, vor dem Krieg, dem 1. Weltkrieg, die Klausel vermerkt war, daß es nur einmal pro Woche Salm, Salm aus der Seine und Marne zu essen gäbe – er war billig wie heute die Ölsardinen. Dienstbotenabfütterung. Sie machten Geschrei, die Kinder, und Leute rannten ans Ufer, geschwind war ein Boot zur Hand, geschwind ruderte einer mit Angel und Haken auf die Mitte des Flusses, geschwind hing der Fisch an der Angel, lag im Boot, und geschwind zeigte der Fischer den Fang halbmeterlang einem Photographen am Ufer. Und keine Dudelsäcke spielten die Totenmesse. Später wurde er dann zerlegt, gesäubert. Und im Innern des Bauches, noch war der Salm nicht gekocht, nicht gegessen, fand sich eine Visitenkarte. Das Blütenweiß lachsfarben wie die Abendkleider der Frauen aus jener Zeit, wie die Seiden-Brokat-Decken auf Konzert-Flügeln, wie die Gladiolen in hohen Vasen. Da stand in zierlicher Schrift: Minotaure.

Als er geendet hatte, ging das Verhör los.

Erste Stimme: Was bedeutet der Salm?
Zweite Stimme: Was bedeutet diese Visitenkarte?
Dritte Stimme: Auf welchem Fluß spielt die Geschichte?
Vierte Stimme: Wo sind die Lastkähne, Schlepper?
Fünfte Stimme: Warum die fünfziger Jahre?
Erste Stimme: Wer ist der Autor?
Zweite Stimme: Was weißt du über den Glaskasten?

Dritte Stimme: Ist die Präsidentin mit im Spiel?
Vierte Stimme: Für wen spielst du den Boten?
Fünfte Stimme: Was bedeutet der Salm?
Erste Stimme: Was weißt du über die Concierge?
Zweite Stimme: Und dieser Gonzáles?
Dritte Stimme: Wer fing den Salm?
Vierte Stimme: Wer sind die Reichen mit Dienstmädchen?
Fünfte Stimme: Kennst du das Versteck der Anarchisten?
Erste Stimme: Welches Geheimnis trägt der Salm?
Zweite Stimme: Welcher Agent hat den Namen *Minotaure*?
Dritte Stimme: Antworte!

Draußen vor der Tür scharrte der Hund. Julio sagte, es habe keinen Zweck zu antworten. Sie würden ihm nicht glauben. Er habe den Zettel im Garten gefunden. Er lag neben der Bank vor dem Rosenbeet. Einer sagte, Junge, noch arbeiten wir nicht mit Gewalt. Sie standen auf, löschten das Licht, verließen den Keller und verriegelten ihn von außen. Julio hätte ihnen sagen können, daß Gonzáles eine alte Mutter habe, die zu den Reichen auf der Ile St-Louis gehörte und in den fünfziger Jahren Diners dort gegeben habe mit Salm für die Reichen. Und die Brüste der Frauen steckten zitternd in den lachsroten Ausschnitten der Abendkleider wie der Salm in seiner Galerte, hatte Gonzáles gesagt und eine Passage aus einem Buch vorgelesen, *Moderato Cantabile* hieß es, und Dolores, sagte Gonzáles, wird ihr Kind nicht in die Vorstadt, ins ärmere Viertel bringen, zu seinem Klavierunterricht, und abends an dieser Tafel mit Reichen sterben vor diesem Fisch. Aber der Fisch, hatte Julio gefragt, war für die Dienstmädchen wie Ölsardinen? Es ist eine Frage der Interpretation und des Preises, wann Salm Luxus und wann er Massenabfütterung ist, kam von Gonzáles, aber du hast gar keinen Klavierunterricht. Doch, sagte Julio, das Klavier steht hinter der Bar. Julio hätte ihnen das sagen können, aber sie hätten es nicht verstanden oder geglaubt, wie er selbst es nicht verstanden hatte. Nur, daß Kinder im Fluß einen springenden Fisch sahen, den es sonst dort nicht gab. Oder den es früher dort gegeben hatte, als Kohleschiffe den Fluß befuhren, den es jetzt nicht mehr gab, als Kohleschiffe ihn nicht mehr befuhren? Er zitterte vor Kälte und wollte schlafen.

Die Tür öffnete sich, und der Maskierte kam mit seinem Hund. Er hielt eine Bergsteigerlaterne. In der Dämmerung sah es aus, als trüge er eine Stier-Maske. Er stieß ihn aus dem Keller, schloß ab und führte ihn auf einem anderen Weg, so schien es, nach draußen. Es wurde schon dunkel, und Julio war plötzlich allein. Er wußte nichts von der Nummer 47, und in der Tasche steckten Geldstück, Schlüssel, Taschentuch und Blatt.

Kannibalismus – in der Moderne nährte der Mensch sich nicht mehr, bis auf die Knochen, vom Fleisch der eigenen Gattung, nur vom Körper der Fische, Rinder und Hühner. In der Postmoderne nährte der Mensch sich nicht länger von den lebendigen Herzen der eigenen Art – in Psychotherapien, Traumdeutungen, Fallstudien. Doch im Labyrinth war jene Moderne noch nicht verschwunden, nicht ihr instrumenteller Geist der Ausforschung, in dem die Alpträume angeblich produzierten, was verborgene Gegenwart war. (Antizipierte Zukunft, verdrängte Vergangenheit.) Nachts zieht eine Stimme den Schlafenden das Herz aus dem Leib, und sie verbringen, um es wiederzufinden, ihr Leben. Das Herz unter dem Seziermesser. Oder: unter der Lupe. Es windet sich im Tiefkühlfach, in dem es bewahrt wird. In vormodernen Zeiten brannte es im Feuer der Inquisition oder in den Fegefeuern der Beichte. Der Geist des Kannibalismus, der »an die Nieren geht«, an die Lungen, die Bronchien, der an der Leber frißt, am Magen und – am HIRN, scheint für unpolitische Leser, die sich nicht als historisch begreifen, eine anthropologische Konstante. In Pasolinis Film wirft Medea den Familienverfolgern den Körper des zerstückelten Bruders aus dem fliehenden Gefährt Stück für Stück auf den Weg, um sich zu retten. Später setzt sie dem treulosen Jason die eigenen Kinder vor – zum Fraß. Wilde waren sie nicht, sondern Könige. In der Moderne und Postmoderne gilt es als äußerste Perversion, den Leib eines Menschen dem andern zum Fraß vorzusetzen. An Königstafeln. (Lassen wir den Kannibalismus der Primitiven.) Auch Minotauros nährte sich von der eigenen Gattung – es sei denn, man schätzt den Anteil des *Animalischen* höher als den des Menschen. *Ungeheuer* sind beide. Der Kannibalismus, der sich von Herz und von Hirn nährt – legitimiert sich gern mit den Untergründen. Der Psyche und der Gesellschaft. (Nicht nur in Diktaturen foltert es sich im Unten, in Kellern.) Kannibalismus des Unbewußten, *des* Kriminellen? Das ist das Thema reaktionärer Horror-Filme. Hier heißt es: Kannibalismen nähren sich *vom* Unbewußten des anderen, vom Kriminalisierten. In Hypnosen, Gehirnwäschen, Wahrheitsdrogen. Videokameras, die während psychiatrischer Tests auf die Augen, die Hirne, die Herzen der Verhörten gerichtet werden. Doch die Welt: regte sich auf über den Fall Sacharow. Und fast jeder Selbstmörder muß in monatelangen Verhören noch die Schuppen im Haar beichten als Indiz für die Depression. Herz der Finsternis – ausgeleuchtet. Ausgeleuchtet vom Kannibalen, der sagt, MAN ist das Gesetz. Der gegen den Grundsatz *nulla poena sine lege* verstößt, selbst Recht setzt: Auge um Auge, Zahn um Zahn. Der MAN, der rot sieht, hat recht.

Doch Julio – hatte sich entzogen. Willkür, daß sie ihn hatten laufen lassen? Kalkül? Weder wußte er, wer *sie* waren, die Unbekannten mit Tuch-Masken, noch würde er den Keller wiederfinden. Er würde nicht reden. Und wenn? Vielleicht hatten sie ihm ein leichtes Anästhesie-Mittel verabreicht, so daß er sich nicht mehr erinnern konnte. Vielleicht würde ihn seine Mutter zum Doktor schicken, weil er gewisse Legenden von Kellern und Maskierten (aus Mantel-und-

Degen-Geschichten, aus Nachrichten über Südamerika?) in seine Alpträume, Tagträume trug? Er würde nicht reden. Wenn er schuldig wäre, weil er ein verbotenes Papier in der Tasche trug? Dann würden sie sagen, der Schriftsteller hat ihn vollgepumpt mit Schauergeschichten aus Labyrinthen, in denen Menschen gefressen werden. Wenn nicht der Schriftsteller selbst ein isolierter, eingesperrter, von den andern gefangengehaltener Minotauros ist, denn er nährt sich vom Herzen, vom Hirn der andern, würden sie sagen, die von der Realität als Futter der Kunst sprechen. Nicht von der Phantasie.

Doch die Maskierten, die *Minotauros* spielten als eine seiner *alltäglichen* Varianten, bekamen ein Gegenspiel. An allen Pfosten, neben allen Eingängen klebten jetzt Zettel: IN DER CITÉ leben im Untergrund Schwarz-Maskierte. Geht in die Keller und auf die Speicher und vertreibt sie aus ihrem Labyrinth. Die Erwachsenen dachten, es wäre ein weiteres Mantel-und-Degen-Spiel. Aber Dolores, Gonzáles und die Präsidentin glaubten dem Alptraum des Julio …

Es war ein schöner Nachmittag. In den Bäumen rauschte ein warmer Mairegen, alles neu macht der Mai, und Regen bringt Segen. Wenn die Erwachsenen anfangen, an die Träume der Kinder und Künstler zu glauben, bricht die Realität aus den Angeln. Denn das Motto der Realisten heißt: wer sich anstecken läßt von der Phantasterei, landet im Wahnsinn. Doch wenn tatsächlich im Untergrund Aushorcher saßen, die die Herzen, die Hirne der Kinder verschlangen? Jedes Jahr …? Sieben … und … sieben? So daß sie, zitternd, verwirrt, an die Oberfläche zurückkamen, und wer wollte so unmenschlich sein, sich nicht darüber zu freuen, daß sie noch lebten? Denn der Vergleich von Psychotherapie, Beichte, Kriminal-Verhör, medizinischer Anamnese mit dem Monstrum des Minotauros ist – wir wissen es alle – poetische Übertreibung. (Über-Spanntheiten der Künstler.) Doch der Tag war schön, ein sanfter Regen, und die Präsidentin ging mit zwei Klempnern, Rohreverlegern in diese Keller. Sie hatte in den Unterlagen des Syndikats herausgefunden, daß der Keller 47 sowie der N° 74 demselben Besitzer gehörte, einem Bretonen, der eine Fleischerei in der Rue Lepic betrieb. An sich gehörte zu jeder Wohnung nur ein Keller, doch hatte der *Boucher* vor Jahren den zweiten dazugekauft. Im Pavillon des Tilleuils mußte ein Wasserrohr neu verlegt werden. Und der Boucher hatte der Präsidentin die Schlüssel ausgehändigt, weil das Rohr, seine Keller-Verlängerung, sein Abfluß, durch seinen Keller ging. Man fand dort, in der Ecke zusammengestellt, einen alten Tisch, ein paar Bürostühle, und von der Decke hing eine nackte Birne.

Der Tag war noch immer schön, als die Präsidentin, in Jeans und mit blondem Haar, an Louis Gonzáles' Tür klingelte und ihm den Entwurf eines Briefs vorlas, der an den Kommissar des 18. Arrondissements gerichtet war. Es möge ein Spiel unter Jugendlichen sein, aber mehrere Indizien deuteten darauf hin, daß der Sohn des Bouchers zu einer Organisation gehöre, die im Keller Verhöre abhielte und möglicherweise – obwohl die verbotenen Verhöre ein weitaus gravierenderes Delikt darstellten – die *Besetzung* des Informationsbrettes im Glaskasten zu verantworten habe.

Gonzáles bot der Präsidentin, nachdem der Regen vorbei war, in seiner Laube ein Glas eiskalten Rioja an und erzählte von seiner Schwester Louise, die sich, in dritter Ehe verheiratet, wieder der Photographie zugewandt habe – sie photographiere unterirdische Kanalsysteme und finde, als Künstlerin getarnt, vielleicht mehr heraus, wenn sie die Kellergänge und Rohre unter den Gebäuden der Cité photographiere. Die Präsidentin wirkte erstaunt und ein wenig frostig – vielleicht hatte sie nicht daran gedacht, daß Gonzáles aus einer Familie stammte, die zwar selbst nicht über Massenpresse verfügte, aber genügend Leute kannte, die aus der Sache Wind machen könnten. Kannibalismus, Presse und Variationen.

Als Gonzáles die Präsidentin aus seinem Garten bis zur Pforte geleitete, sah er ein schwarzes Fahrrad mit einer prall gefüllten Plastiktüte von MONOPRIX an die Treppe gelehnt, die zum Mittelhaus führte. In seinem Briefkasten fand er

N° 14

Salm im Container

Das Licht schaltet sich automatisch alle 100 Minuten ein, und das Videobild nimmt die riesige Halle mit Containern auf, die gefüllt sind mit chemisch präpariertem Gewässer und dicht aneinandergedrängten Lachsen. *Aneinandergedrängt* wäre der richtige Ausdruck, wenn die Fische über einen Rest an Subjektivität verfügten. Wenn sie, wie Krokodile im Sumpf, tagelang träge sich nicht von der Stelle rührten, weil im Sumpf nichts geschieht außer Sumpfvogelflug dicht über ihren Köpfen oder Sonnenuntergang. Auch in den Gewässern der Container geschieht nichts, nichts in der Halle, außer der automatischen Schaltung von Hell zu Dunkel. *Gewässer* wäre der richtige Ausdruck, wenn es sich um Natur handelte und als Gegensatz gemeint wäre zu den Stromschnellen und Flußläufen, die der berühmte schottische Lachs in Richtung zur Quelle überwindet. *Stehendes Gewässer* – wäre für einen Lachs das Synonym des verordneten Todes – auch für den Koch, der den einzigartigen und zarten Geschmack des rosigen Fleisches nicht servieren kann, weil er sich den Sprüngen über die Stromschnellen verdankt. Bei Lachsen sind nicht einmal Hormone nötig, um sie so schnell wie möglich ausgewachsen und fett auf die Tafel zu bringen. Erlesener Lachs als Fast-Food, den Geschmack liefert die Meerrettich-Sahne oder die Mayonnaise. Niemand käme mehr auf die Idee, die Gallerte, in der ein ganzer gehäuteter Lachs zittert, zu vergleichen mit den entblößten Busen reicher Frauen, die lustlos in der erlesenen Delikatesse stochern, lustlos in der verordneten Gallerte, die die Reichen (angeblich) vom Leben der Sterblichen trennt und in die Zeitlosigkeit einer erstarrten Gelatine verbannt. Herrscht Trauer, daß wieder einmal eine Elite ihre Spezialitäten an die Massengeschäfte von Aufsteigern verliert? Der Salm, der in dieser Epoche nur Lachs heißt, hat nicht umsonst die Freiheit seines kurzen Lebens verloren. Selbst der Massenfischfang ist nicht mehr rentabel, und nur die Entwicklung der Technik verhindert noch die humanere Lösung: daß der Fisch, der noch *lebend gefangen* angeboten wird, gleich als Kunstprodukt in den Container kommt. So sind die Container ein Spiegel der Gesellschaft – sie nährt sich aus Massengräbern unter automatischem Flutlicht.

»*Die kretische Königsfamilie* – geadelt durch die Abstammung von Zeus und von Europa, aber verglichen mit anderen Familien, in Ägypten zum Beispiel oder in Griechenland, unbedeutend und zum Untergang verurteilt – trug auf der Ile Saint-Louis den einfachen Namen Leroy, und ihr Inselreich beschränkte sich auf einige Druck-Pressen, die bibliophile Erstdrucke herstellten, Buch-Druck-Kunst, im Nebenzweig Kunst-Bände und mehrere bedeutende Zeitschriften, die seit mehr als hundert Jahren das künstlerische und intellektuelle Leben in der europäischen Metropole begleiteten. Sie hatten in ihrem literarischen Programm, ob mit jugendstilistischem, kubistischem, surrealistischem, abstraktem Design, Autoren wie Apollinaire, Gide, Breton, Soupault, Eluard, Desnos, Aragon, Reverdy, Simon, Blanchot, Sarraute, Cocteau, Colette, Valéry, Sollers, Robbe-Grillet und in ihrem Kunst-Programm Zeichnungen von Proust und Cocteau wie Bücher über Picasso, Gris, Masson, Tàpies. Wovon die Familie wirklich lebte, wußte niemand, vermutlich nicht einmal die Vermögensverwaltung, doch hatte ein Großonkel, Bruder des Großvaters von Henri und Charles, seine Gelder nicht ausschließlich in den Verlag gesteckt, sondern, vom Glück begünstigt, in Immobilien und Hotels spekuliert. Eine vorsichtige Haushaltung und rigide Erbschaftsregelungen hatten das Vermögen bis in die 50er Jahre des 20. Jahrhunderts zusammengehalten, so daß, auch wenn ein jüngerer Bruder wie Charles in anderen Verlagen sein Auskommen suchen mußte, der finanzielle Rückhalt der kleinen Presse gewährleistet war. Das Haus nannte sich *Quai d'Anjou*, nach der Adresse, in der die Mitarbeiter, in einem Hinterhaus zwar, aber nur wenige Schritte vom Wohnhaus der Familie Henri Leroy entfernt, untergebracht waren. Der *pater familias*, Louis Gonzáles' und Louises Großvater, ein Jean-Philippe Leroy, hatte sein Domizil vor den Toren von Paris aufgeschlagen, in Malmaison, zwischen Fabriken, in denen Citroën und Peugeot Ersatzteile herstellten, dem berühmten Park der Josephine Beauharnais und ihrer Rosairie und dem offenen Land, auf dem im Winter ertragreiche Nieder-Wild-Jagden stattfanden. Wie der Alte dahintergekommen war, daß seine Schwiegertochter Madeleine ein uneheliches Kind auf der Ile de la Cité vom Geld eines verstorbenen spanischen Onkels großziehen ließ, wußte nur ein Fouché im kleinen, ein Polizeiminister der bürgerlichen Finanz, aufzudecken, denn die Adern des Spionageuntergrunds, die die französische Gesellschaft durchzogen, gehörten auch heute nicht zu Legenden und Anekdoten der Geschichte Frankreichs.

Wie er darüber hinaus herausbekam, daß der Vater des Kindes ein Sprößling derselben Familie war wie der Ehemann, muß den heutigen Leser unheimlich anmuten, der Polizei-Staat im kleinen, Finanz- und Familienpolitik als Verletzung der bürgerlichen (Freiheits)Rechte des Einzelnen ansieht.

Es muß wohl so gewesen sein, daß er die Schwiegertochter bat, ihn für einige Tage auf einer Reise nach Baden-Baden zu begleiten, und daß er ihr dort, auf verschwiegenen Spaziergängen, das Zugeständnis abnahm, daß sie nie weich werden und das Geheimnis von Louis' Herkunft preisgeben werde. Madeleine mochte es dem Alten zu Gefallen um so lieber zugestehen, als sie wegen ihrer unabhängigen finanziellen Lage für die Erziehung des Jungen bis zum Ende seiner Ausbildung selbst aufkommen konnte. Der Alte verhielt sich zunächst wie Alte, wie Konservative es in Familiengeschichten zu tun pflegen: das Abweichende wird ausgegrenzt, nicht nur aus Konvention, sondern weil der Familien-Sinn die Familie vor vermeintlichen Bedrohungen zu schützen hat. Louis war eine Bedrohung, ein Bastard. Außereheliche Kinder stellten doppelte Gefahr dar: für die moralische Norm (verletzt durch erotischen Fehltritt), für die finanzielle Sicherheit, denn in den Augen der Konservativen verband sich mit dem Begriff Bastard stets die Vorstellung vom Leben eines Taugenichts und erpresserischen Geld-Abzapfers. Als habe der Bastard die moralische Verfehlung seiner Erzeuger geerbt, sah man ihn stets als eine Mischung von Zigeuner, Parvenu und geschicktem Scharlatan, der aus dem Familiengeheimnis Geld schlägt. Madeleine also hatte versprochen, bei der Legende vom spanischen Onkel, der Alterstorheit und dem spanischen Dienstmädchen zu bleiben. Und wenn die neugierige Louise das Geheimnis nicht frühzeitig entdeckt hätte, wäre es wohl bis nach dem Tod des Großvaters unter Verschluß geblieben. Unter Verschluß wie Louis selbst, weggeschlossen und überwacht, von Jesuiten im Institut, von den Informanten des Großvaters aus der Ferne. Wen würde, wen mußte der kleine gefangene Minotauros bald fressen? Den Herrschafts-Anteil der alten Familie? Und kam es nicht den schlimmsten Befürchtungen entgegen, daß er, dem, ohne *Familie* vorweisen zu können, kaum eine glänzende diplomatische Laufbahn und ein Studium an der Ecole Polytechnique bevorstand, sich nicht zum bescheidenen Latein- oder Mathematik-Professor ausbilden ließ? Daß er musische, literarische Neigungen hatte, wie viele, denen bestimmte Zugänge zur Gesellschaft versperrt sind? So mochte der Konservative denken, der Literatur nur als Kompensation für Vorenthaltenes betrachtet. Mußte es nicht die Sorgen um Diskretion und Distanz nähren, daß er sich ausgerechnet dem modischen Autobiographismus im modernen Roman zuwandte – anstatt …? Nun, auch solchen Familien, die sich der Verbreitung moderner Literatur gewidmet haben, ist der Kuckuck in den eigenen Nestern um so suspekter. Der Leser mag unglaublich finden, daß gebildete Verleger und Förderer der Bekenntnisse Cocteaus und Gides Anstoß daran nehmen, daß ein eigenes Familien-Mitglied sich in die Tradition – wir vergaßen Leiris' *Mannesalter* – einer subjekt-verpflichteten Literatur reiht. Es gehört, wie so vieles, zu den unauflösbaren Widersprüchen zwischen den geistigen Ansprüchen der gebildeten Stände und den kontingenten Mentalitäten. Und zur Frage: anstatt? Denn hätte sich Louis dem politischen Pamphlet gewidmet, der Gesellschafts-Satire, und die eigene Person aus dem Spiel gelassen? Wie peinlich hätte das der Großteil der Familie, vor dem das Geheimnis noch verborgen blieb, empfunden?

Vielleicht war es Henri peinlicher, als er eines Tages Ende der sechziger Jahre in der Buchhandlung an der Sorbonne auf der Galerie neben seiner Tochter Louise einen erwachsenen jungen Mann erblickte, in dem er Madeleines Sohn erkennen mußte. (Übrigens schienen sich die beiden Halbgeschwister für 68 mehr atmosphärisch als politisch interessiert zu haben. Sie interessierten sich, liebenswürdige *enfants terribles*, für alles, was mit Freiheit zu tun hatte, nicht für Sitzungen, kommunistische Debatten und politische Sit-ins.) Vielleicht war es Charles peinlicher, als er auf einem Empfang des Verlags X seinem eigenen Sohn vorgestellt wurde, dem jungen Autor eines Romans, der von Auflage zu Auflage erweiterte und umgearbeitete Kapitel enthalten sollte? Verdammte männliche Ehre. Sie hatten gekniffen, Vater und Ehemann, gekniffen vor Familie, Vaterland und Konvention. Oder halten wir fest an der Deutung, daß Takt und Diskretion, verschrieen als spätkapitalistische Tugenden, ihre Rolle nicht ausgespielt hatten?

Bald darauf veröffentlichte Louis Gonzáles unter dem Signum L. G. ein kleines Prosastück. *Phoenix? Kein Phoenix? – Aus der Asche.* Es trägt hier die

N° 15

Aus der Asche

Ikaros fiel vom Himmel, ein weiß brennender Vogel mit weit ausgebreiteten Schwingen. Der Sonne zu nah gekommen, verschlang ihn das Meer als Sühneopfer für Daedalos' Flucht aus Kreta. Aus dem leeren verfallenden Palast von Knossos – der zwielichtigen Anlage eines Königspalastes für Minos, die Daedalos entworfen hatte, mal Staats-Architekt des Königs, mal kupplerischer Diener der Pasiphaë, gegen den König und Gatten. Im leeren verfallenden Palast von Knossos, aus dem die Macht geflohen war, zugleich mit Theseus und den Athener Menschenopfern, irrte durch Hallen und Gänge ein größenwahnsinniger König. Minotauros, der Stiefsohn, betrügerische Frucht seiner untreuen Frau, war dem Labyrinth entkommen, in dem er sein Leben verbrachte, eingesperrt von seinem König. Dem Labyrinth entkommen – durch Tod im Zweikampf mit Theseus. Ein Monstrum, Erfüllungsgehilfe des Vaters, das dessen politische Opfer fraß, ein Kannibale, dessen tänzelnde Füßchen im Sand jene Spuren hinterließen, die verwischten, daß er vielleicht wie Theseus der Ariadne gefolgt war, am Faden des Knäuels. Tod – oder Ausgang des Labyrinths, Tageslicht? Ikaros fiel vom Himmel im gleißenden Mittagslicht, geblendet und die Entfernung zur Sonne verwechselnd. Im leeren Palast zu Knossos erhob sich ein Stier aus der Asche. Der geopferte, zerstückelte, getötete, verbrannte Stier. Die Ohren, der Schwanz, die Hufe, das riesige Maul – Schlund. Im Palast war es Nacht, als der Sohn des Daedalos wie ein Komet vom Himmel fiel. Aus den Teilen stieg aus der Asche ein Stier. Und irrte durch Hallen und Gänge – wahnsinniger Demiurg, Phantom des Königs. Der König rennt. Stolpert und fällt. Er wird sterben im Augenblick, da der Stier ihn erreicht hat.

Die Umkehr: wenn die These stimmte, daß Literatur eine Wunschmaschine ist, ließe sich mit ihr überzeugender – als mit den Regeln der Tradition, der bukolischen Dichtung zum Beispiel – erklären, daß sich autobiographische Literatur einteilt in Kindheiten als Paradiese und in Kindheiten der Hölle? Wunsch, sich durch das Schreiben der Hölle von ihr zu befreien? Wunsch: verlorene Paradiese als eigene zu beschwören, nicht vor Tausenden Jahren, sondern vor ein paar Jahrzehnten.

Und wenn man statt der reinen Hölle ihr Gegenstück mitschriebe, eine Kindheit der seligen Ferien, der Gärten und Wiesen, eine *Natur*-Kindheit, mit Jahreszeiten und Festen, mit *heilen* Familien, deren Brüchigkeiten durch skurrile Anekdoten und Familien-Originale gekittet werden? Die Fliehenden von den Inseln dieser Familien müßten nicht mehr die Rache der Götter fürchten, kein Ikaros stürzte ins Meer, weil sein Vater floh aus der Herrschaft des Königs. Die Architekten – Handlanger der Väter, die zu Verrätern werden, Ärzte, Psychologen, Erzieher, die Helfer der Frauen und Kinder waren in patriarchalischen Zeiten Verlierer. (Wir glauben nicht, daß das patriarchalische Zeitalter noch dauert. Auch nicht an die Bequemlichkeiten seiner Diffamierung.) *Umgekehrt:* wäre Minotauros, die verbotene Leibesfrucht der ehebrecherischen Pasiphaë, nicht gefangengesetzt und erinnerte sich seines Gefängnisses als Paradies. In dem die Schwester-Geliebte ihn vor den Klingen der Väter und Brüder bewahrte und mitnahm in eine neue Kindheit. Und noch eine … und noch eine … umgekehrte, umgeschriebene glückliche Kindheit, ein Labyrinth von Kindheiten käme dabei heraus … der fünfzigjährige Louis Gonzáles, Geliebter der Verdoppelungen der Schwester, Concierge, Torhüterin, Nachbarin und deren Verwandter, mit Stöckchen, mit Zylinder, mit Stier-Masken vermißt er (in Daedalos' Schatten) Tag für Tag das Ausmaß seines Glücks, die Ausdehnung des Labyrinths …

»Der Spiegel war klar, glasklar, luftig, durchsichtig, blaßblau, und kaum ein Wölkchen am Himmel. Sommerhimmel – und über den reglosen Wasserspiegel flog jetzt der Schatten des Ruders, wenn ich das Boot, in dem ich saß, in Richtung zum Ufer bewegte. Stundenlang lag ich im Boot, in der Mitte des Flüßchens, vielleicht auch am Rand, im Gebüsch, unter den Zweigen einer alten Erle. Stundenlang lag ich im Boot, kein Mensch außer mir weit und breit, denn die Angler kamen nur morgens und abends, Libellen gaukelten mit ihren Fata-Morgana-Flügen über dem Wasser, die

Sumpfhühner schliefen im Sommertag, und bei Gewitter war ich mit zehn Schlägen im Schutz der Treppe, die aus dem Wasser direkt in den Garten hinter dem Haus führte. Das Flüßchen war damals noch nicht entdeckt, kein Kanu, keine Ruderregatta hatte sich hier ein *Freizeit-Paradies* auserkoren, die Bewohner der Villen hatten eigenen Zugang zum Wasser, und die Kinder, die zu Besuch auf dem Land waren, schwammen in genügendem Abstand. Es gab wenig Kinder, die alten Villen wurden von Familien bewohnt, die hier ihren Alterssitz aufgeschlagen hatten oder im Sommer die Städte und die Reisenden an den Küsten flohen. Ich hatte Verwandtschaft bekommen, ich glaube im Alter von neun Jahren. Der Prior hatte mich zu sich gerufen und gesagt, du wirst in Ferien fahren. Ich war erstaunt, denn ich war schon in Ferien geschickt worden – in Land-Institute des Ordens. Er erklärte mir, ich sei alt genug, um die Hintergründe meiner Herkunft zu erfahren, er erzählte mir von einer Tante, Madeleine Leroy, die von Ferne ein Auge auf mich habe, denn ich sei das uneheliche Kind eines verstorbenen spanischen Verwandten dieser Tante und eines analphabetischen Hausmädchens. Also praktisch eine Waise. Verwandte der Tante erböten sich nun, mich für die Sommermonate bei sich aufzunehmen, sie besäßen ein Landhaus vor den Toren von Orléans, an einem Nebenflüßchen der Loire, das – und er machte ein jesuitisches Wortspiel mit dem Namen der Kirche Notre-Dame-De-Lorette – Loiret hieße, nicht Lorette. Und im Spiegel der Loiret wollte mir das Institut auf der Ile de la Cité nicht mehr als finsterer Koloß erscheinen, in dem ich einsam und überwacht über den Büchern saß, sondern als ein Gebäude mit vielen Treppen, die die Wände wie Tonleitern mit hellen Klängen und Musikspielen erfüllten.

Es war ein großes Haus, das Tante und Onkel bewohnten, angefüllt mit alten Sesseln und unbenutzten Kaminen, mit drei Stockwerken funkelnder Fenster, einer Terrasse zum

Garten und der Freiheit, den ganzen Tag tun und lassen zu können, was ich wollte. Was wollte ich? Angeln und andere männliche Sportarten interessierten mich nicht. Ich schwamm früh, wenn das Wasser noch frisch war und die letzten Frösche noch quakten. Dann holte ich mir in der Küche einen Milchkaffee und verschwand im Garten, auf dem Fluß oder erkundete die Landschaft in der Umgebung. Ich ruderte flußaufwärts bis zur Brücke von Olivet oder flußabwärts bis zur Mühle mit den zwei Schaufelrädern. Dort machte ich das Boot fest und verfolgte den Flußlauf Kilometer um Kilometer, bis ich ans Schloß der N^{xxx} kam, das im Sommer unbewohnt war und hinter einem hohen eisernen Gitter lag. Es glich einem Cheverny in Miniatur-Format. In den Wäldern der Gegend, in der Sologne, die ein wenig weiter südlich lag, wurden im Winter Wildschweine und Hirsche gejagt.

Ich wußte wohl, daß ich zu Besuch war, aber daß ich mit den Rechten, die mir als falschem Familienmitglied fehlten, die Privilegien eines Gastes besaß, der im Alter von zehn Jahren mit der Höflichkeit behandelt wurde, mit der die bessere Gesellschaft ihre Besuchs-Rituale ohne falsche Nähe einhält. Ohne je verwöhnt worden zu sein, mußte ich doch nie befürchten, einen Faux-pas zu begehen, weil mich die Jesuiten daran gewöhnt hatten, was anderen Kindern zur Qual geworden wäre: zu leben mit einfachen Umgangsformen, ohne Schnörkel, ohne harte Askese, aber auch ohne Vertraulichkeiten. (Die sophistischen Ranken, die der Wissenschafts-Zweig jesuitischer Ausforschung trieb, bleiben hier ausgeklammert.) Tante und Onkel – ich hütete diesen Ausdruck wie eine Glaskugel, die beim Schütteln Wunderwelten unter Schneeflocken zeigt, aber unter ungetrübtem Himmel die gleiche Berechtigung hat. Manchmal nahm Onkel mich mit in die Stadt, deren Umrisse man am Horizont liegen sah: im blauen Dunst die Türme der Kathedrale von Orléans. Er zeigte mir Aquarelle von Turners Reise an die

Loire, und ich erledigte für den Prior meine Lektüre-Aufgaben über *la Pucelle*, die Heilige Johanna, und las einige Gedichte von Peguy. Tante schickte mich in den Obstgarten und ließ mich für die Küche Mirabellen pflücken oder Tomaten ernten. Abends saßen wir spät auf der Terrasse und betrachteten den Vollmond, der durch die Wipfel aufstieg und über dem Flüßchen stillstand. Lag ich im Bett, las ich in Büchern ihrer Söhne, die mit ihren Familien anderswo Ferien machten, ich las Perrault und Jules Verne. Ab und zu hörte ich Onkel bei einem roten St.-Nicolas oder einem weißen Saumur der Tante Vorträge halten über den Kalten Krieg und Mendès-France und seine Erziehungsversuche, mit denen er den Franzosen Milch statt Wein einschenken lassen wollte. Verwandte ... und noch Jahre später, als ich mit Louise längst im Quartier Latin wohnte, fuhren wir im August, wenn sich ganz Paris leerte, an die Loiret und fanden mein Boot wieder, das Eckzimmer mit den himbeerroten Vorhängen, von dessen Fenster man den Mond durch die Wipfel aufsteigen sah und über dem Fluß stehen; im Wasser liegen ...«

Vermessen des Labyrinths. Und Julio kam, als sein ungelehriger Schüler, in seinen Garten, saß in der Mittagshitze in seiner Laube, brütete am Tisch über einem Papier und versuchte, die Orangen zu essen, die bei Gonzáles so gut gediehen. Dolores' Stimme schwieg, aber manchmal folgte Emile, der seinen Wachtposten am Tor ungern verließ, Julio bis an Gonzáles' Pförtchen, forderte ein Stück Wurst und wackelte wie ein Tippelbruder wieder nach oben. Und – wer es auch war, vielleicht hatte die Trägheit der Sommerferien ihre gnädigen Schatten erneut über den Glaskasten gesenkt – es gab einen neuen Text, unpoetisch und lesbar aus einer Feder ohne Schwarzen Humor.

N° 16

Testament eines Hundes

Hören Sie dieses Rührstück mit traurigen Hundeaugen und hängendem Schweif.

»Mir blieb das Schicksal erspart, ausgesetzt zu werden, ein herrenloses Leben zu führen am Rand einer Autobahn, auf der Kolonnen in Ferien rasen, von Aas zu leben und in den Wäldern mit Wölfen zu heulen. Mir blieb das Schicksal erspart, aufgegriffen von einer Patrouille in eine Verwahranstalt zu kommen, die sich Tierheim nennt. Neuerdings gibt es Prominenz aus Film und Fernsehen, die als Sponsor für ausgesetzte Tiere und Tierheime auftritt, es gibt Kampagnen, die den Kauf von ›Rassehunden‹ boykottieren, weil die erste Bürgerpflicht die Adoption eines hospitalismus-geschädigten Heimkindes sei. Auch das Kettenhunddasein blieb mir erspart – wer denkt, daß nur dumme Bauern ihre Hofhunde anketten, irrt, auch Villen, auch Häuser müssen bewacht werden, und die Hunde verbringen ihre Tag- und Nachtwachen an Ketten. In Paris sprang neulich ein Schäferhund durch die Glasscheibe eines Cafés in der Rue de Clichy. Eingesperrt in dem leeren, sonntags geschlossenen Café, hatte ihn wohl eine tollwutähnliche Rage gepackt, er sah einen frei auf der Straße laufenden Hund und sprang durch die Scheibe, lief blutüberströmt in die andere Richtung, als hätte er durch den Sprung vergessen, was seine Wut ausgelöst hatte.

Dies also blieb mir erspart. War auch kein Arbeitstier, kein Jagdhund, kein Polizeihund – kennen Sie die Geschichten über die Wachhunde an der Grenze der früheren DDR –, kein Blindenhund. Auch Blinde sind nicht gut, weil sie blind sind, arme Behinderte, und nicht schlecht, weil sie behindert, unterprivilegiert, geschädigt sind – ich sah auf den Straßen schon Blinde, die ihre Blindenführer mit Stock und Geschirr malträtierten. Ein klassischer Lohn, das Tier wird gequält, weil Person ihre Herrschaft ausüben muß. Nein, ich war ein süßes Hündchen, Haushündchen wie *Flush* in dem Roman von Virginia Woolf, angeschafft, einer traurigen Dichterin mit fröhlichem Hundespiel den Alltag zu verkürzen, war zu nichts nutze als zu Begleitung; Spaziergänge, Einkäufe, stille Regentage im Haus, war ein Spielzeug, das auf vier Beinen lief. Saß mit zehn Wochen auf einem lärmenden Boulevard auf dem Pflaster und wollte nicht gehen. Doch, wo, oh Rührstück, waren die Wiesen, auf denen ich spielte zuvor & wo waren jene Geschwister, die mir das Futter wegfraßen, ein Vater, den ich nie zu Gesicht bekam, eine Mutter, die, zu erschöpft von der Schwangerschaft, ihre Kleinen nicht zur Raison bringen konnte? Landete auf dem Arm der Dichterin, fuhr mit dem Zug, mit dem Taxi, der Magen kehrte sich um, dann schlief ich ein. Wohnung und Zeitung und Körbchen – nachts war ich allein im Flur. Veterinär – Spritzen und Katzengeruch, lebensgefährlich war meine Infektion, grüner Durchfall, weißer Schaum kam aus dem Maul, und ich konnte nicht fressen. Nach einer Woche wirkten die Spritzen (auch gegen Hepatitis, gegen Flöhe und gegen Tollwut), ich durfte spazierengehen. Sommer, die Hitze legte mich lahm, und zu Hause gabs dann Kroketten.

Die hatten Züchter und Veterinär empfohlen – die Frage war nur, was mir besser schmeckte, ob französische *Royal Canin* oder amerikanische *Eukanuba*. Wir kamen in Schritt und Tritt, der Alltag war eingerichtet, ich saß nicht wie andere Schoßhunde auf eigenem Sessel am Tisch, mit Serviette, und speiste köstliche Brocken. Die Herrin war für die Brocken, der Herr war für Einhaltung der Gebote, ich bekam mein Futter, streng rationiert. Ein drolliges, süßes Hündchen, ein Clown, ein Kobold war ich. Doch wollte ich nicht allein bleiben, und in diesem Fall hielt sich der Herr nicht an Erziehungsgebote – ich blieb wirklich fast nie allein. Die Tyrannei, die Erziehungsdoktrin sagte: ›Der Hund muß lernen, allein in der Wohnung zu bleiben, sonst wird er ein Haustyrann!‹ Der Hund mußte nichts lernen, die beiden wußten, was Angst hieß und welche Psychosen gezüchtet werden durch Einsperren oder Aussperren. Sie wollten nicht mitleiden, wenn Hund sich verlassen fühlte. Für berufene Münder war es keine Frage: die beiden leiteten ihre eigenen Ängste auf mich ab. Im Haus hörte man Katzen schreien, Hunde jaulen und Papageien zetern – sie blieben allein, weil die Besitzer zur Arbeit mußten, zur Party oder zum Einkauf. In Hotels allerdings wurde es üblich zu mahnen, der Hund dürfe nicht allein bleiben im Zimmer – ich blieb nicht allein, nicht im Auto, nicht im Hotel, nicht in Hundepension, nicht mal bei kleineren Operationen beim Veterinär. Andere blieben gern allein, waren froh, wenn sie schlafen konnten, genossen verbotene Sofaecken.
Dann kam die Peitsche, in Gestalt einer Leine.

Meine Herrin schrie, wenn sie sah, daß ein Hund, der nicht rechtzeitig dem Kommando gefolgt war, dem ›Komm‹ oder ›Sitz‹, mit der Leine eins überzogen bekam. ›Warum soll er gehorchen‹, sagte sie, ›es läßt sich so gut mit ihm leben. Warum soll er Dinge apportieren, sich an der Ampel setzen, wenn sie auf Rot steht, auf Hühnerknochen verzichten, die er sich aus dem Mülleimer zieht, sich nicht auf Sofas wohl fühlen, keine Leckerbissen erbetteln – warum soll er in tausend überflüssigen Punkten gehorchen, wenn er doch ohnehin immer an der Leine geht und mit Gegenkräften ziehen muß, wenn eine interessante Hündin in seine Nähe kommt?‹

Quartierhündinnen – ob ihr schön oder häßlich wart, mich zog der Geruch magnetisch durch eure Straßen, ich bestieg große Schäferhündinnen und kleine Promenadenmischungen, das Resultat war selten ersprießlich, einer hinderte immer, und wenn mir die Hündin weglief –

ein Rührstück, und noch eins, Lassie, Rin-Tin-Tin, Beethoven, all die glücklichen Tage erfüllten Hundelebens, Tintin, Mensch und Hund in innigster Freundschaft, Comics, Tierfilme, erfolgreiche Genres, die mit der Realität wenig zu tun haben. Ich möchte schlafen, der Morgen ist grau, und es regnet – aber für Hunde gibts meist feste Zeiten. Es heißt, daß ein Tier Regelmäßigkeit braucht. Ich muß raus, ob ich pissen muß oder nicht, ob ich schlafen will oder nicht: jetzt ist Promenadenzeit. Selbst der liebste Herr, das muß ich verstehen, hat keine Zeit, um mich auszuführen, wann ich will, ins Café zu gehen, zu spielen – an Hunden braucht man die Grenzen der Frustration nicht erst zu erproben. Ein

Hund lebt mit der ständigen Frustration. Es heißt, daß selbst freilaufende Hunde – auf Wiesen, in Stadtwäldern – heute wegen der Gefahren des Auto-Verkehrs (wie viele sind schon überfahren) mit elektronischen Halsbändern versehen herumliefen. Sie leuchten in der Dunkelheit und senden kleine Schläge aus, wenn auf das Kommando nicht gleich reagiert wird. Peitsche, Elektro-Schlag, Halsband. Was es nicht alles zu kaufen gibt, in diesen niedlichen Hundeläden. Stachelhalsbänder, Schuhe für Regen, Mäntel aus Kunststoff, unter denen wir schwitzen, Leckerbissen aus industrieller Ernährung, Tabletten mit Vitaminen und Mineralen, Haarspray fürs Fell mit ätherischen Ölen, Glöckchen fürs Halsband – und Pflegestunden. Gewaschen, gebadet, gebürstet, getrimmt – auch das ein lukrativer Zweig. Gut leben die Hunde, deren Besitzer kein Geld haben für Hundeluxus. Hoffen wir, daß wir nicht vorgeführt werden auf Ausstellungen, auf Hundewettrennen, hoffen wir, daß wir nicht in den Frisier-Salon kommen. Bleiben wir dekorativ und gesund, gegen alle Behandlung. Die armen Veterinäre, die ihr Leben damit fristen, Katzen zu sterilisieren und Papageien Vitamintropfen zu verschreiben, die in trostlosen Kabuffs ihr Leben verbringen, auf dem Tisch ein kleines Hauskaninchen mit einer Infektion – und Diagnosen, von denen man nur hoffen kann, daß sie durch Zufall ins Schwarze treffen. Der Hund juckt sich? Hat Flöhe, hat Allergie gegen Kunststoffteppiche, muß salzlose Kost verschrieben bekommen, Tabletten, hautfreundliches Shampoo? Am Ende zieht man das Fell über die Ohren, das Herrchen ist meist nicht dabei, wenn die Spritze kommt, die das Tierchen einschläfert. Keiner schreibt einen Nachruf. Bleibt ein Pfotendruck, Pfotenabdruck, unsichtbar, in der Erinnerung.«

Minotaure war der Name einer Zeitschrift der Surrealisten in den dreißiger Jahren. In schwachen Momenten, so warfen ihm seine Kritiker vor, behauptete Louis Gonzáles – wie auch der Autor –, *Minotaure* spiele auf eine Form labyrinthischen Denkens an, die dem *unendlichen* Projekt der Moderne angemessen sei ... Unendlich – und nur der Wasserfaden aus dem Schlauch der Madame Alvarez löscht die Spuren der Schritte im Labyrinth, die den, der den Ausgang sucht, in die Irre führen. PAS PERDUS heißt ein Buch von Breton, Verlorene Schritte, verloren in einem Labyrinth, das der einfachen Figur von Zeit und Weg: der Geraden, der Strecke von A bis Z, vorzuziehen ist. Und eine andere These Bretons behauptet, Freiheit sei eine *Reihe von Schritten,* die man gehen müsse, um sich zu befreien ... Die Kritiker werden sagen, dem Gefangenen sei die Freiheit lieber als eine Reihe von Schritten, die auf ungewisse Zeit im Labyrinth umherirren. Doch nur die Archäologen müssen die Spuren sichern, wieder sichtbar machen – die Künstler müssen sie löschen, damit sie gewonnen sind: für den nächsten Akt.

Und Louis träumte in einer warmen Juni-Nacht, in der er die Vorhänge nicht vor seine meterhohen Atelier-Glaswände gezogen hatte, um vom Bett aus die Seltenheit eines Juni-Glühwürmchens in seinen Hibiskus-Büschen nicht zu verpassen, von seinem ersten Besuch auf der Ile St.-Louis. Er trug noch knielange Hosen, einen Matrosen-Anzug, und Tante Madeleine führte ihn auf den kleinen Balkon, der auf die Seine hinausging. Zum ersten Mal roch er den schwachen Hyazinthen-Geruch ihres Parfums, der aus ihrem Rollkragenpullover und ihren halblangen Locken stieg. Erst später verriet ihm Louise den Namen: *Je reviens*, von Worth. Sie spielte ihm, auf dem Boden hockend in einer engen schwarzen Hose mit kleinen Schlitzen am Fußgelenk, neue Chansons vor und bot ihm zur Feier des Tages ein Glas Champagner an, auf dem eine rote Kirsche schwamm. In der Ecke ihres Boudoirs lag ein Stapel der wenigen Exemplare von *Minotaure*, aber es war schließlich Louise, die, mit steifen weiten Röcken auf dem Canapé liegend, mit ihm die Zeitschrift studierte ... ein nächstes Mal, ein anderes Mal, und der er, auf dem Boden sitzend, den Rücken ans Sofa gelehnt, seinen Traum erzählte, den Traum nach dem ersten Champagner, dem ersten Besuch am Quai d'Anjou.

Ich war aus dem Labyrinth geflohen, ausgebüxt aus dem Internat, ich hatte die Métro genommen und war kreuz und quer bis ins 18. Arrondissement gefahren, weil ich gehört hatte, daß für rechtschaffene Leute die Boulevards Rochechouart und Barbès der wilde Urwald von Paris bedeute, Gebiet der Schwarzen, der Nutten, der Künstler, der Schauspieler und Schausteller. Kurz vor dem Theater *Elysée de Montmartre*, an dem noch Plakate mit Photos einer halbnackten Colette hingen – einer Colette mit schweren orientalischen Reifen um Fuß- und Handgelenke, die sie beim Tanzen mit dem Schleier zu Boden ziehen mußten –, kurz vor dem Theater also sah ich auf dem leeren Mittelstück des Boulevards Breton auf mich zukommen. Ich vermutete im Schlaf, daß er von der Place Blanche kam, aus seinem Atelier in der Rue Fontaine. Er trug Spazierstock und Hut, enggeknöpften Anzug und Fliege. Im linken Auge klemmte ein Monokel, das mich zu fixieren und mit seinen Reflexen zu blenden schien. Er kam näher und näher, und im Traum hörte ich das tac-tac des Stocks und suchte nach Ausflucht. Links, jenseits der Fahrbahn, lag der Square d'Anvers, in dem die Kastanien gerade blühten, ich hätte unter seinen Bäumen verschwinden können. Er kam näher, mit blendendem Monokel und tac-tac des Spazierstocks. Doch im Moment, als er bei mir angelangt war, wechselte der Traum meine Perspektive: ich stand im rechten Winkel zum Boulevard und betrachtete die Figuren, die sich dort begegneten. An meiner Stelle stand Luis Buñuel vor Breton, das Haar, glatt am Kopf liegend, gescheitelt, die großen, ein wenig vorquellenden Augen starr, wie hypnotisiert auf Bretons Fliege gerichtet, ein ruhiges Boxergesicht mit geweitetem Blick. Breton blieb vor ihm stehen, lüftete den Hut und sagte: und der Skandal? Monsieur, wo bleibt der Skandal? Und die Anthologie des schwarz-weißen Humors? Buñuel bewegte die Lippen wie ein Boxer nach dem k.o., und Breton blickte ihm in das Auge, das seinem Monokel schräg gegenüberlag. Ein Glas-Auge. Breton zog aus der Brusttasche ein Kästchen, öffnete es, es lagen zwei Glas-Augen darin, blau und rot-braun wie die Farbe der Pfauen-Augen. Er strich seine Glacé-Handschuhe glatt, sagte, Sie gestatten, und setzte Buñuel ein Auge aus seinem Kästchen ein. Das alte Auge warf er fort, es rollte unendlich langsam über den Boulevard in den Rinnstein. Er schlug in die Hände, und ein Schmetterling löste sich aus Buñuels Gesicht und flog taumelnd über den Boulevard davon.

Im Gesicht Buñuels blieb eine schwarze Höhle, ein Krater … In der Allee, die sich den Boulevard entlangzog, hing Belle-de-Jour halbnackt am Baum. Ihre Handgelenke waren an Äste gebunden, der Oberkörper war weiß und über den Brüsten und auf dem Rücken mit Striemen bedeckt. Sie trug einen engen Rock über geknickten, über den Boden schleifenden Beinen und knöchelhohe Lederstiefelchen. Ihre blonden Haare und ihre künstlichen Wimpern standen in seltsamem Widerspruch zur Nacktheit ihrer Schultern. Breton ging ein paar Schritte auf sie zu. Meine Liebe, sagte er und lüftete den Hut, darf ich Sie noch ein wenig auspeitschen, das junge Grün eignet sich gerade jetzt in der Jahreszeit ausgezeichnet dafür. Im Sex-Shop neben dem Elysée-Theater gab es Peitschen, aus schwarzem Leder, mit

Knoten und Haken. Er brach zwei Zweige vom Baum, und plötzlich saß der Schmetterling auf Belles Schulter. Er hob die Hände mit den Zweigen, der Spazierstock steckte in der Erde, und der Schmetterling flog in Buñuels Gesicht und setzte sich in die Höhle mit aufgeklappten Flügeln, die leise im Wind zitterten.

Und wie … bist du wieder ins Internat gekommen, fragte Louise, die gerade drauf und dran war, mit dem Photographen durchzubrennen. Ich weiß nicht, sagte ich und hörte im Traum den alten Plattenspieler von Madeleine und die Seine-Schiffe vor dem Fenster, ich vermute, ich fand ein Ticket für die Métro im Rinnstein, an der Stelle, wo Buñuels Auge hingerollt war …

Und da … kam ein Glühwürmchen, leuchtend wie Neon und grün wie eine Raupe, aus dem Garten geflogen und taumelte vor dem Glas auf Luis Gonzáles' Bett zu, bis er erwachte. Er stand auf, ging durchs Haus und suchte nach dem alten Stapel von *Minotaure*? … Von *Miroir Noir*? …. Und da stand, was er tags zuvor bei Dolores auf dem Tisch hatte liegen sehen.

N° 17

Turteltaube in der Absurdität

»Werde ich je den Sinn für das alltäglich Wunderbare verlieren?« fragte sich Aragon, der nicht erwachsen, vernünftig und restlos aufgeklärt werden wollte – aufgeräumt. Alles hübsch am Platz – und nirgends das *alltäglich Wunderbare*, das einige Romanisten längst als Neo-Mystizismus denunziert und hin und her gewendet haben.

Da kam die Taube. Turteltaube mit weißem Ring um den grauen Hals. Schöne, große Turteltaube fiel geradewegs vom Himmel und spazierte durch seine Gedanken. So mystisch war Aragon nicht, daß er sie als Zeichen des Heiligen Geistes betrachtet hätte. Doch – ist eine Turteltaube das *alltäglich Wunderbare* inmitten der dreckigen, zerrupften, einfüßigen Taubenmasse von Paris (Montmartre)? Weil sie eine nicht ungewohnte Überraschung ist? Die den Gedanken ihren Flügelschlag verleiht – ganz turtelnd? »Werde ich je den Sinn für das alltäglich Absurde verlieren?« sagte die Taube. »Ja«, gab sie sich selbst eine Antwort, »wenn der Schmerz verschwindet.« (Einen gebrochenen Flügel sah man nicht.)

Die Grenzen des Labyrinths wurden im Süden von einem riesigen Portal bewacht, durch dessen eisernes Rankenmuster die Allee und die Leuchtreklame der Peep-Shows auf dem Boulevard de Clichy zu sehen waren. Umgekehrt mußte der Blick einen hohen düsteren Tordurchgang passieren, dessen tonnengewölbte Marmordecke kassettiert war und dessen zwei Bahnen durch eine stützende Säulenreihe in der Mitte der Wölbung getrennt waren. Die zwei Flügel des Portals, von denen eins heute immer geschlossen blieb, öffneten sich in früheren Epochen für An- und Abfahrt der Kutschen und Lieferanten. Flügelportal, Kassettendecke, Säulenreihe mußten den Eindruck von Pomp und Verschwendung erwecken. Doch hatte das Gebäude entweder bessere Zeiten gesehen – am Ende der langen Auffahrt sah man die fackeltragenden schwarzen Göttinnen die prächtige Freitreppe flankieren, in deren Sockel ein großes Brunnenrelief gehauen war – oder das Dekor hatte von Anfang an eine gewisse Hochstapelei verraten. Seit je wirkte der Tordurchgang finster, eine ärmliche Funzel flimmerte über dem Eingang zum Treppenhaus des Bâtiment Boulevard de Clichy, keine strahlenden Laternen erhellten die schäbig wirkende Passage. Wenn der Concierge nicht täglich nachräumte, standen dort häufig Müllsäcke und Kartons, lag Abfall herum, den neugierigen Passanten durch die Ranken im Tor geworfen hatten, Pommes-frites-Tüten, Cola-Dosen, Zigaretten-Schachteln und Spuren, Utensilien aus der Sex-Meile, Schachteln mit Aphrodisiaka, Kondomen und Einweg-Spritzen. Die Mischung aus Pomp und Müll mochte Literaten anziehen und in Metaphern schwelgen lassen über Tore und Tordurchgänge als Beerdigungs-Institute, in denen das Fin de siècle zu Grabe getragen wurde. Doch im Widerspruch zu dieser pittoresken Mischung stand der Boden der langen Auffahrt: winzige quadratische Kacheln, gelblich wie in Hallen von Kliniken, schmutzig wie in öffentlichen Schwimmbädern, kleinlich wie auf Millimeter-Papier. Und an den Seiten der Auffahrt standen simple Betonkübel, in denen der Concierge ein paar kümmerliche Kletterpflanzen die Wände hochzog. Das stumpfe bunte Glas in der Eingangstür und im Fenster zur Concierge-Loge, der winzige Vorraum, der schäbige Läufer, der sich die Treppe hochzog im Verein mit dem sparsamen funzligen Licht hätte die Phantasie eines Lesers entzünden können, der mit Zola oder Victor Hugo den alten Geheimnissen von Paris auf der Spur war. Ein feuchter, dämmriger, anonymer Ort, ein Durchgang, in dem Sparsamkeit oder Geiz oder Berechnung herrschten, machte das Haus Nummer 60 zum Hinterhaus für die ärmere Bevölkerung der Cité.

Obwohl man kaum Fußvolk im Durchgang verweilen sah, hatte das Tor, abgesehen von dem Concierge, der wie seine Frau tagein tagaus unterwegs war, unsichtbare Bewacher. Sie stürzten sich überraschend wie Aasgeier auf unbefugte Eindringlinge und verwehrten ihnen den Eintritt oder jagten sie wieder hinaus. Das Tor – Objekt eines nie geklärten Krieges zwischen Innen- und Außenwelt. Denn rechts und links vom Tor befanden sich zwei Etablissements, die Passanten zum Verweilen verlockten, nicht nur Photographen oder stadthistorisch interessierte Touristen versuchten, das unbekannte Palastgebiet zu erkunden. Diese Etablissements hielten sich Türsteher, die die Passanten anlockten und in kürzester Frist mit Luchs-Augen den jährlich wechselnden Code ausspionierten, den die Bewohner in die elektronische Tastatur tippten, wenn sie hereinwollten. Das rechte Etablissement war ein kleiner arabischer Lebensmittelladen, wie er in Paris an jeder Ecke zu finden ist. Obst- und Gemüse-Auslagen auf dem Trottoir und im Innern alles vollgestopft bis unter die Decke. Kaum jemand konnte sich hier drehen und wenden, weshalb die Kunden meist draußen warteten, die alten Tanten und die verschlafenen Mädchen aus den Cafés und Nachtclubs am Morgen, wenn kaum Betrieb war, die nicht abreißende Woge von Passanten vom späten Nachmittag bis weit nach Mitternacht. Der Laden war voll – mit Biskuits, Nudeln, Konserven, Süßigkeiten, Putzmitteln, Spirituosen und unzählbaren Arabern, die dort abwechselnd arbeiteten oder herumlungerten. Fünf Araber, ähnlich aussehend, um eine alte Frau zu bedienen, die seit Urzeiten, bevor die Sex-Meile entstand, hier wohnte und eine Tube Tomaten-Mark kaufte. Neun Araber, die bei grellster Beleuchtung eine Schlange von Mitternachtspassanten bedienten, die eine Limonade-Dose oder einen Riegel Mars verlangten. Wie diese Muselmanen zum anderen Etablissement standen, ließ sich nicht erraten, beide verrieten ihren Kunden die Nummer des Sesam-öffne-dich. Das linke Etablissement hatte – vielleicht in architektonischer Anspielung auf den Palast – eine schmale Vorhalle, die mit schmutzig gewordenen Säulen vom Bürgersteig abgegrenzt war. Die Wand war mit violettem Tuch bespannt, in der Mitte eine zweiflügelige Schwingtür, rechts ein Glaskasten mit der Kasse. An der Wand hingen einige Photos, die zeigen sollten, was den Kunden im Serail empfing. Die nackten Mädchen wirkten nicht orientalisch, man sah Straßketten über Hinternwölbungen, rote oder grüne Lackstiefel unter nackten Oberschenkeln und maskierte, perrückte Gesichter, die aufgeplusterten Vögeln ähnlich sahen. Kurz: der tags schäbige Glimmer eines billigen Etablissements, in dem Peep-Show-Boxen warteten und … SEX-MASSAGE rief die Türsteherin den Passanten zu. Für Kenner war sie die eigentliche Attraktion. Schön wie eine ein wenig verlebte Version von Dominique Sanda und Charlotte Rampling, wirkte sie wie eine Intellektuelle, die mit langen aschblonden Haaren, blassem, ungeschminktem Gesicht und Trench-Coat kettenrauchend in einem Film der *Nouvelle Vague* Statistin spielt. Ein Job, um sich über Wasser zu halten, keine Figur aus dem Milieu. Dead-End, Schwarz-Weiß, regnerischer Himmel, Leere auf der Straße, eine Frau, rauchend zwischen zwei Säulen aus Kunststoff, Dead-End, Boulevard de Clichy 58. SEX-MASSAGE rief sie und packte einen Passanten am Revers, sie hatte die nötige Chuzpe, um die Leute unter Druck zu setzen, und wirkte wie aus einem jener melancholischen Filme, die in der Halbwelt spielen, ein tiefgefrorener Engel, der mitten im Sex-Milieu ohne jede nuttige Aufmachung auftrat. (Zu erinnern: auch Belle de Jour lief in Kostümen und kleinen Abendkleidern durch ihren jungen bürgerlichen Ehe-Alltag – doch wirkte Sophie, so das Pseudonym der Türsteherin, eben nicht Nana oder Lola, härter, unpoetischer als Cathérine Deneuve.) Morgens war der Laden geschlossen, doch ab nachmittags rannte sie unermüdlich, mit wehendem offenem Mantel, hinter den Fußgängern her.

Die Grenze wurde also mit Hilfe der Nachbarn illegal überschritten. Der Idylle der Porte Blanquette entsprach an der Porte Boulevard de Clichy das Zwielichtige, in dem öffentlicher Puff und bürgerlicher Sarkophag sich ineinander schieben. Bürgerlicher Sarkophag: auf den Balkonen zum lärmenden Boulevard standen Gummibäume und künstliche Palmen, und hinter den Fenstern sah man zuweilen diskret aufgeblasene Gummipuppen vor einem Vertiko im Stil Louis Philippes. Wer aber wie die Aasgeier die Grenze bewachte, war eine Reihe von alten Frauen, die – absurd wie die schwarzgefärbten Perücken, die sie zum Pergament-Gesicht trugen – die Cité offenbar bewahren wollten vor Sex in Hauseingängen, Herumlungerern und Vognyous. Ihre Vergangenheit kannte keiner, ihre Wohnungen rochen höchst ehrbar nach Eau de Javel oder *Bœuf aux Carottes*, und bei mancher fehlte auch nicht das Heiligenbild und der Weihwasserkessel in einer Ecke. Diese paar alten, koketten Nornen, die mit Einkaufswagen und Spangenschühchen durchs Viertel zogen, an der Ecke im *Chat Noir* ihren Kir mit Cassis tranken und über die Preissteigerung der Baguette leise klagten, wohnten zumeist zum Hof und unterhielten sich damit, den Tordurchgang zu überwachen. Wohnte eine in der teureren Wohnung zum Boulevard, holte sie sich ihre Abwechslung bei den Hunden und ihren Ausführern, bevor sie pflichtschuldigst aus dem Fenster zu pfeifen und zu keifen begann, um die Eindringlinge zu vertreiben. Eine Besonderheit ihres kleinen Clans zeigte sich darin, daß sie die Tauben nicht fütterten wie sonst alte Frauen, auch in diesem Punkt sorgten sie für die Sauberkeit. Ohne Kampagne: Vergiftet die Tauben! Ihre Scheiße geht auf die Augen, die Haut, und verpestet das Blut! Ohne Kampagne – doch ohne Brotbröckchen oder Reis oder Mais in Tüten. Für den Concierge, der ein Beau war, hatten sie schöne dreieckige Rougeflecken übrig, die sie schon morgens auf ihre Wangen legten, und für die junge Elevin, die Photographin Erika, die die Runde durch ihre Behausungen machte, weil sie für ihren Semester-Abschluß eine Serie anfertigte über alte Bewohner von unbekannten Cités, hatten sie vielleicht eine ihrer zeternden Wachsamkeit widersprechende kupplerische Komplizenschaft. Sie waren verdächtig. Denn kaum war das schwarze Fahrrad gesichtet worden, das dies Mal an einer der Säulen im Tordurchgang lehnte, hing im Fahrstuhl des Bâtiment Boulevard de Clichy ein Text, den die alten Eulen mit großen Gläsern entziffern mochten.

Wachvogel

Eine unweise Eule verirrte sich in die Gemäuer einer düsteren Stadt. Unter ihrem linken Flügel trug sie flüchtig die Erinnerung an ihren einstigen Wohnsitz, die Schulter der Athene. Der bauten die Menschen des nachheroischen Zeitalters eine Stadt – weiß wie Kalk, dorisch wie die Säulen ihrer Tempel und aufgeklärt wie der Zorn, mit dem Athene dem listigen Odysseus soufflierte. Auch der Geist führte Krieg, wenn er auch Sparta, die tumben Militärs verachtete. Weisheit und Künste. Und keine Orakel. Aber in Athen gab es einen Tempel der Hera, Heraion genannt, dort hielt die Dummheit – junonisch – wieder Hof. Doch wer wollte wählen zwischen der jungfräulichen Weisheit und der Öde des heimischen Herdes? (Familie! beschützt von der Göttin des Herdfeuers Hera ...) Für Paris gab es den Ausweg aus Entweder-Oder: die Trias, mit Aphrodite. Für die Tradition gab es lange keinen. Wer den Geist wählt, wählt die Junggesellenmaschine. Dichter, Seher, Denker, Bergeshöhen – Einsamkeiten.

Die Eule saß im Gemäuer und betrachtete das moderne Treiben. Raben umflogen die Enge, Türme und Kirchen, über die Weite, die Plätze segelten Tauben, nur Eulen gabs nirgends, weil die Gemäuer modern waren und die Wälder (für Uhus) abgeholzt. Raben sagten krächzend der Kunst ab, Triumphe der Wissenschaft konnten nicht zugelassene Eulen nicht feiern, und keiner trug Eulen nach Athen – Zeitalter der Redundanz, dasselbe wird mehrmals gesagt in

anderen Worten, und zu viele Eulen waren zu viele Eulen und nicht die erkennbare eine. Jede Eule ein eigenes Patent.
Und die unweise Eule fand keinen Flug, zurück nach Athen. Wie gleichgültig wäre es ihr gewesen, als überflüssige Eule nach Athen getragen zu werden – im Zeitalter der *égalité* wußte sie, daß alle Perlen vor die Säue geworfen werden –, daß sie die Eule Athenes war, erkannte ohnehin keiner. Also glühten ihre Augen in der Nacht wie runde Neonbrillen vor Optikergeschäften, und ihre Lider zuckten im Sekundentakt. Nachteule, schlafgestört, denn bei Tag beobachtete sie die Künstler bei Décollagen, bei denen auch Eulengefieder imitiert wurde – mit *Uhu* auf Rindenflächen geklebt: Tod der Natur! –, denn echte Eulen gab es ja nicht, wenn dies die letzte war und keiner die Eule vor Eulen erkannte. Eulenwelten – Athen verkommen, keiner singt am Piräus, die Abgase machen die Akropolis kaputt, und die levanthinischen Künstler sind nicht engagiert, sammeln keine Unterschriften, Aufrufe gegen *Zerstörung*. Nach der letzten Meinungsumfrage sind sie selbst schuld an der *Zerstörung*, es ist eine ihrer Metaphern aus dem Projekt der unendlichen Moderne, aus der Décollage, bei Vostell, bei Tàpies usw. Sie wiederholen auf langen Bändern, die Realität sei grausamer als die Kunst, die Kunst sei nicht länger prophetisch, entlasse keine Propheten, Unglück krächzende Raben, weise und weiße Eulen … doch auf den Bändern hört man nach Jahren die Echos – aus tiefen Wäldern das Uhu-Geschrei. Da öffnete manch einer einen Brief, ein Gelehrter aus Oxford vielleicht, der kleine

griechische Vasen und Münzen verstreut herumstehen und -liegen hatte in seiner Bibliothek, das Stilett, die Klinge, der Brieföffner trug als Griff eine kleine Eule, zusammengelegt die Federn und Weises nicht aufschlitzend – offenen Auges sitzt diese Eule auf Brieföffnern, auf Szeptern Athenes, Emblem geworden. Hocken und Sehen: offenen Auges, ohne Nacht, ohne Handlung. Eule, versteinert, versilbert, das Szepter dirigiert nicht länger trojanische Kriege und fällt auch sonst keine Entscheidung des Denkens. Eule, steht im Becher mit Stiften, nutzlos – denn Briefe sind später, wer fraß seine Kinder, der Chronos? nicht mehr zu öffnen. FAX.
(Eule im Gemäuer, die letzte, wenn's nicht Beton wäre, fände sich einst ihr Abdruck in Stein, eingegraben das Relief eines Fossils.)

Nachtlabyrinth – blendet wie eine Nachtschönheit auf der Bühne, der man die Schäbigkeiten, den Schmutz und das Alter nicht ansieht. Ein paar Neonleuchten tauchen die abgenutzte und abgelutschte Szenerie in ein unwirkliches Licht und trösten die Zuschauer mit künstlichen Welten für 40 Francs am laufenden Band. Schöner stiller Boulevard, auf dem im Winter der Schnee den Dreck verschwinden ließ und ihn zurückverwandelte in eine Vorstadtidylle mit alten Bürger-Miets-Häusern aus dem Anfang des 20. Jahrhunderts. Schäbiger stiller Boulevard, auf dem am Morgen die dreckigen Tauben die Reste der Nacht wegpicken, die Pommes-frites-Krumen, die pappweichen Sandwiches, über die Stiefel der Penner hüpfen, die auf den Bänken den Morgen verschlafen. Unendlicher Dreck dieser langen Morgen, wenn die Sex-Shops und die Peep-Shows ihre rostigen Rolladen noch geschlossen haben. Am Bordstein der Fußgänger-Allee in der Mitte halten schon neue Busse, deren Insassen vor Mittag den heiligen Weg – vor dem profanen hinaufgehen: Sacré Cœur und die Place du Tertre. Kommen sie dann zurück, finden sie die Cafés bereits voll, alle Tische besetzt von Quartier-Einwohnern. Auch MONOPRIX, an der Place Blanche, hat eine Leuchtreklame, leuchtet rot zwischen Platanen, und die Käufer dieses Magazins sind nicht nur Bus-Reisende aus Wanne-Eickel, sondern Bewohner der umliegenden Straßen. Auch das *Musée d'Erotisme* hat eine Leuchtreklame, und beide Etablissements leuchten den ganzen Tag, nicht erst am Mittag, wenn in den Porno-Shops das Geschäft losgeht. Langsam gehen die zukkenden Lichter an, und nur Eingeweihte wissen, daß auch bei diesem Geschäft an allem gespart wird. Die Photos, die in den Schaukästen hängen, werden nie ausgewechselt und zeigen den Stil von Varieté-Glamour aus den 60er Jahren. Aber die Kunden, die geil sind auf einen anonymen Straßgürtel über Hinternspalte, auf eine Box oder eine schlangenzüngelnde Mundhöhle, legen nur Wert auf die Etiketts: SADO / MASO / HOMO / LESBE, auf kurzes Verschwinden und Eintauchen in die blau ausgeleuchteten Höhlen. Wo sind die Nachtschwäne und Nachtpfauen, deren abstoßende, bizarre Schönheit den Surrealisten den Abgrund des Bürgertums garantierten, die anderen Seiten der Stadt, deren Feerien und erotische Ausschweifungen Hohn über das Akt-Bild im ehelichen Schlafzimmer ausgossen wie einen Nachttopf mit Pisse, die mit Flittersternchen übersät ist? Wo verwandelt das Geschäft mit Sex und Lederwäsche und Lackstiefeln und ein paar Flaschen Champagner Realität in das *Ganz Andere*? Vielleicht schlagen nur Avantgardisten des HARDCORE, der auf den parfümierten Plüsch der Chambres Séparées endgültig verzichtet, aus Massenkultur *authentisch* Funken sprühende Kunst? Die Provokation dieser Bann-Meile ist so ohne Biß wie ein lauwarmer Café au lait. Eine Vergnügungskirmes, Karussels der braunen, schwarzen, roten und gelben Fotzen, auf ihrer Drehscheibe schwingen sie ihre billigen Peitschen über den Wünschen, die keinen mehr emanzipieren – erotische Freiheit, Befreiung des Bürgers durch Ich-Verlust: die Grenzen sind abgesteckt durch das Portemonnaie. Bewußtseins-Erweiterung findet hier nicht statt, auch keine Zirkussensation: wie der Transvestit in der Rue des Martyrs, den ganz Paris sehen will, vielleicht träumen die reichen Frauen aus dem 16. Arrondissement davon, sich von ihm bedienen zu lassen oder ihn auszulutschen wie Farinelli? Der Sex, der keiner ist, ist in, alles wird simuliert, der Orgasmus mit zuckenden Leuchtreklamen weginszeniert, überschüttet. Auch Apotheken haben Leuchtreklamen, geöffnet die ganze Nacht, und man spricht deutsch und englisch. Alles lebt nebeneinander – die Masse, die sich Fuß an Fuß – doch der Gang ausgeleiert von der Geilheit nach Sensationen – über den Bürgersteig wälzt, ihre paar Kröten zählt und auf kostenlose Einblicke hofft, die Hochstapler in der Gruppen-Reise, die die Nutten mit Witzen begrüßen und sich am Ende mit einem Bier begnügen. Und doch: in den Stundenhotels herrscht Hochbetrieb, die halbe Stunde kostet 200 Francs, und die fetten Schenkel in knappem Lederröckchen, die Titten, die aus Korsagen quillen wie bei nährenden Müttern, sind ihren Preis noch wert. Und am nächsten Tag gönnt sich die Kellnerin vom *Autobus* an der Place Pigalle ein weißes Blüschen, an ihrem freien Tag gekauft, oder einen Lippenstift oder ein gutes Steak. Und die jungen Ehemänner kaufen der Frau ihres Honey-Moon Strapse und Gürtel aus durchsichtigem Kunststoff, damit sie die Unschuld verliert. Die Unschuld: als genüge je die perverse Wäsche, um die Mentalität zu wechseln, ein schwarzes Negligé, ein Lackstiefel, eine Peitsche und künstliche Nägel und die Hämmer-Musik, die das Paar aus dem SEXODROM nebenan gestohlen hat, dessen Klapptüren und Vorhangfalten nicht mehr surrealistische Wunder eröffnen? Dann erhebt sich Domina am häuslichen Herd über dem Nacken des Sklaven, der windet sich ihr zu Füßen, unter den Nägeln und unter der Peitsche, und beide fliehen vor ihrer Ausschweifung in das große Hotel an der Place Pigalle. Honey-Moon oder schon Scheidung? Da plätschert der Brunnen in einem Rosenbeet … Und im Konzert-Saal nebenan wird schon die nächste Probe absolviert: *Mauvais Garçon*, auch Frauen haben Zutritt. Der sophistische Besucher mag die Meile zwischen Pigalle und Blanche als Versuchslabor ansehen, in dem die Gäste – wir wiederholen: für ein paar Francs – Sex ausprobieren dürfen, sich schütteln oder sich brüsten oder gleichgültig und ungekitzelt davongehen. Eine Peep-Show, ein Accessoir als Souvenir in einem Sex-Shop, ein paar Cocktails in einer Bar – das Faszinosum der Unterwelt ergreift nur Erleuchtete. Nachtlabyrinth – trunken vor Lärm, vor Musik, vor künstlichem Licht, vor schierem Körper, der zum Greifen nah vor den Augen gaukelt und auf Drehscheiben und hinter Glaskästen verschwindet. Ersatz: im schäbigen Impasse des Stundenhotels, im Dunkeln sind alle Katzen grell geschminkt und setzen sich immer noch aufs Bidet. Und wer weiß, ob die Nutte, der man am Tresen einen Kaffee spendiert, es einem nicht kostenlos macht? *Römische Damen* – Klossowskis Studie über Mythen und Riten des ältesten Gewerbes der Welt liegt nicht in den Porno-Shops. Saturnalien, Sinnentaumel, Abgründe, Tänze auf dem Vulkan, das ist für die Gelehrten unter den Pornographen. Hier wärmt sich die Türsteherin – Animateurin – die Hände an einem Maroni-Ofen und geht für zwei Francs in die Bunker-Toilette mit automatischen Türen, die den Boulevard ziert, genau in der Mitte, wo die Spaziergänger promenieren.

Und inmitten all diesen Trubels, zwischen sauberen kleinen Hotels für Reisende mit begrenzten Mitteln, zwischen Stundenhotels, zwischen berühmten Cafés und Bretterverschlägen mit Peep-Shows, zwischen Fast-food-Palästen und Sandwich-Buden, inmitten von – nein, es riecht nicht nach Sperma, nach Blut, auch in den prunkvoll erleuchteten Eingangshallen der Porno-Paläste riechts nach schlechtem Fett aus den Tüten mit Crêpes und fetten Würsten – inmitten von Bänken, um die die Straßenköter scharwenzeln und auf denen Penner und Passanten neue Nachrichten austauschen, trafen sich, exterritorial, in einer heißen, nach Bauschutt und Bier riechenden Nacht Gonzáles und Dupoivre, der den Hund seiner Frau ausführte. Und spannen, mitten im Rot-Licht, ihren Kriminal-Roman weiter. Tatverdächtig: eine Untergrund-Gruppe, deren Mitglieder nicht aus dem Labyrinth selbst stammten und entweder Strafpatrouillen ausschickten, um die Dichter zu terrorisieren, oder beides in Szene setzten, die Texte, die wie Flugblätter die Ordnung des Labyrinths störten, und die Strafaktionen aus dem Hinterhalt. Möglich, daß die Komplizen der Täter im Labyrinth wohnten: der Sohn des Bouchers, der Nachkömmling der Präsidentin, vielleicht auch … nein, Julio nicht, sagte Gonzáles. Das Prinzip der Umkehrung, das aus Labyrinthischem Ordnung und aus den Provokationen der Künstler Terrorattacken der Sauber-Männer macht, die sich als schwarze Punks oder Schwarz-Hemden geben, trifft auf Julio nicht zu. Auch nicht auf mich. Wir mögen provozieren, aber wir sind doch zu bourgeois, um im Gewalt-Akt oder dem Protest-Schrei nach Ordnung die Lösung zu suchen. Der Flirt mit der Gewalt ist Julio wesensfremd, und mir ist die Radikalität nie ein Ersatz-Akt für Kunst gewesen. Und, sagen Sie selbst, muß ein Kafka, ein Joyce, ein Borges sich nachträglich vorwerfen lassen, daß er nur Bücher geschrieben und die Grenze von Kunst und Leben, Wachen und Traum nicht doch aufzuheben versucht hat? Dupoivre nickte. Die Grenze von Wachen und Traum, von Scheinwelt und Alltagsrealität, sagte er, verläuft sie nicht jede Nacht hier in der Mitte des Boulevards? Und muß nicht jeder entscheiden, ob alles

Traum, ob Leben ein Traum oder ein Alptraum ist? – Er zog einen Brief aus der Tasche und sagte, die Dichter lassen sich ihre Scherze was kosten. Sie zahlen inzwischen Porto. Den Brief fand ich heute abend in meinem Kasten – ich wohne nicht im Labyrinth, sondern davor, in der Rue Blanquette. Er gab ihn Gonzáles zu lesen.

N° 19

Katze und Pyramide

Eine Katze saß vor einer Pyramide. Eine ägyptische Katze – und betrachtete ihre pyramidischen Formen. Ich bin der Wächter der Kornkammer, sagte sie vor sich hin, doch kenn ich den Eingang nicht. Weiß nicht, ob eine Pyramide als Kornkammer dient. Niemand findet je Zugang zu diesem Vorrat.

Der Wächter mit Hund durchquerte das Labyrinth mehrere Male am Tag, ein großer, stiller, fast stumpfsinnig vor sich auf den Weg starrender Mensch mit sonderbarer Kleidung und einem so gutmütig an seiner Seite trottenden Hund, daß man die Wächterrolle als Camouflage betrachten mußte. Eine Wächter-Rolle war es trotzdem. Wächter in einem Labyrinth, in dem es nichts zu bewachen gab. Wächter eines imaginären leeren, verlassenen Labyrinths, in dem nur das Gespenst der Freiheit, der irre Bastard, zwischen den Kulissen vermutet wurde. Ein funktionsloser Wächter, der nur die Figur des Wächters vertrat in einem funktionslosen Labyrinth, das den Bewohnern diente, die sich an seine Gefängnis-Architektur kaum erinnerten, und den Besuchern, die sich verirren wollten. Denn nur, wer sich den Abwegen auch überläßt, ist ein Künstler des Gehens, so lautete das vergessene Credo der Flaneure. Eine Abwehr- und Abschrekkungsfunktion für Snobs, die jene chicen Montmartre-Enklaven verachteten, in denen Filmstars und ihre Entourage nur überlebten mit elektronisch überwachten Eingängen und scharfen Hunde-Patrouillen. Der Hund war so scharf wie ein gutmütiger Bernhardiner, obwohl er ein Rottweiler mit einer kleinen Prise Dobermann war. Er passierte tagtäglich das Labyrinth, und nur Bewohner mit Sinn für kriminalistische Aspekte des Alltagslebens vermuteten mit großen Einkaufstaschen getarnte Kontrollgänge, denn er verhielt sich nicht im geringsten wie ein Spürhund. (Und, um eine kleine Reflexion über Kunst einzufügen: dem Subjekt, dem die Realität im XX. Jahrhundert suspekt geworden ist, wird im Roman das Auge des Detektivs verliehen, der versucht, die Realität zu überführen. Die Vorliebe der Schriftsteller von Sartre bis Robbe-Grillet für den Trivial-Roman hat den Anti-Helden im *Zeitalter des Argwohns* erfunden.) In Paris mit einem solchen Rasse-Hund spazierenzugehen, konnte als Probe auf das Loch in der Erinnerung gelesen werden, wenn die Pariser sich auf die Rottweiler, Dobermänner und Schäferhunde, auf die Okkupation der Deutschen und ihre Gepflogenheiten nicht mehr besinnen sollten. In Deutschland waren diese armen Rasse-Hunde seit den 60er Jahren verpönt. Der schwermütige, riesige Mensch, der mit Baskenmütze, weitem Lodenmantel, Ledersandalen und Trimm-dich-fit-Hosen das Gelände durchschnitt, lebte, so hieß es, seit mehr als dreißig Jahren in Paris. Es war ein Deutscher. Der Irrwitz der Realität setzte in eine alte Künstler- und Malerkolonie von Paris die Karikatur eines enteigneten pommerschen Junkers, dessen kauziger Aufzug auch der eines WÄCHTERS von Blut und Boden hätte sein können. Die Ideologie des Wächters übernahmen die Deutschen im Nationalsozialismus wie die *fasces*, die Rutenbündel, die dem Faschismus den Namen gaben, direkt aus Rom. Der in Gedanken, in Grübelei stets versunkene Mensch erinnerte aber auch an einen anderen Besessenen, an den Briefträger Cheval, der durch die Lande zog, ohne nach rechts oder links zu sehen, und auf seinen Botengängen aus aufgehobenen Steinen ein Labyrinth baute. Doch im Glaskasten hingen *Cadavres Exquis*, die nur der ungeschulte Leser als *verrückt* empfinden konnte. Nirgendwo tauchte ein mythisches Deutschland auf, nirgends Erlkönig-Streifzüge oder spätromantische Träume eines wieder zusammentragbaren Groß-Deutschland.

Was trug der Wächter in seinen riesigen Einkaufstaschen, großkariert, mit der Aufschrift BIG SHOPPER? Hundefutter im Sparpaket? Warum hatte bis jetzt keiner den Deutschen verdächtigt, Verbotenes heraus- und hereinzutragen, zumal er in seiner Wohnung eine große Kiste mit Vorhängeschloß aufbewahrte, als Sofatisch in der Mitte des Wohnzimmers benutzte und vor Besuchern, auch vor Monsieur Dupoivre, sehr geheimnisvoll tat mit seinem Inhalt. Als läge sein ganzes Vermächtnis in Schriften in dieser Kiste begraben. Familiengeschichte, Kriegsgeschichte, Geschichte zwischen Frankreich und Deutschland? Briefe, Tagebücher? Vermächtnis eines Wächters. Monsieur Dupoivre hatte ihm einen Routine-Besuch abgestattet und bei der Gelegenheit Text N° 20 gefunden, den der Wächter noch nicht bemerkt hatte.

N° 20

Ein Käfigleben

In seinem zwei Meter hohen Käfig, Form einer Kuppel, gab es Vorhänge, seitlich gerafft und von Kordeln gehalten. Der Käfig war ein Gartenpavillon, ein englischer, denn das Muster der Vorhänge (Rosen auf reseda-grünem Sanderson-Leinen) galt dort nicht als Dekor für weibliche oder schwule Gartenhäuser – auch ehemalige Kolonialoffiziere hätten es gewählt. Wenn er frühmorgens auf der höchsten Stange saß

und seinen knusprigen Schinkenspeck verzehrte, erblickte er in vielen holzgerahmten Spiegeln seinen bunten Federschweif, zinnoberrot, ockergelb, ein wenig schwarz und giftgrün. Ein prächtiger Papagei – und er mußte nicht einmal den Tröster einer verwitweten Gattin eines Kolonialbeamten spielen, die ihr Haus mit Zierrat vollgestopft hatte: eine chinesische Nachtigall, ein japanisches Rotkehlchen und ein bengalischer Papagei. Solche Witwen sind gefährlich für Tröster im Käfig, meist ziehen sie es vor, ausgestopft mit ihnen zu leben. Nein, er lebte auf dem Kontinent – und der Pavillon steckte in einem Pavillon, der ganz allein von einem Gelehrten bewohnt wurde. Vielleicht war es kein ganz richtiger Gelehrter, aber einer mit einem alten Klavier und einer Menge Hefte, in die er vielleicht Papageientöne schrieb. Jedenfalls regte ihn der in den Bäumen seines kleinen Gartens rauschende Regen stets dazu an, sich an sein verstimmtes Klavier zu setzen und ein paar melancholische kubanische Tänze zu spielen – langsam, lyrisch, jazzig, mit ein paar Tropfen braunen Rhums. Er trug zu seinem Hauskonzert einen kubanischen Hut in Tabak- oder Havanna-Braun, der sich in nichts von einem normalen Filzhut unterschied.
So war das Leben. Regen und die traurigen Klaviertöne, in der Ecke eine verdorrte Palme, und die Fenster hatten die grünliche Tönung von Algen- und Moos-Flecken angenommen. Spielte der Herr, setzte sich der Papagei auf seine Schaukel im Parterre seines Käfigs und lauschte. War er gutgelaunt, schwieg er bis ans Ende einer Phrase und schrie dann *da capo*. In den

Ohren seiner Nachbarn schien dieser Herr ein wenig verrückt, auch ein Papagei, der nur und immer dieselben Passagen spielte. Spanischen Gesang hatte der Papagei nicht gelernt – der Text stand im Notenheft auf dem aufgeklappten Klavier –, aber er ahmte das begleitende Summen des Spielers so gut nach, daß der Spieler es nicht einmal hörte.

Bei Sommerwetter bekam der Papagei zum Trost gegen seine melancholischen Anfälle ein Praliné und die Vorhänge wurden geschlossen. Was er dort trieb, umhüllt von der Dämmerung eines zivilisierten Waldes, keiner weiß es. Er saß so still und wartete so sehnsüchtig, daß der Regen und die Musik wiederkämen, daß man ihn für scheintot halten konnte.

War weder schlechtes noch gutes Wetter, begab er sich in den ersten Stock, setzte mittels seines Schnabels eine Tonbandkassette in Gang und hörte sich politische Kommentare an. Das Londoner Urteil, das Pinochet die Immunität verweigerte, kommentiert von deutschen Intellektuellen, die über Massengräber in Diktaturen sprachen. Besonders interessant schien ihm die Lesung eines Briefes, die der Redner in sein Plädoyer einmontiert hatte; es war der Brief einer Frau, die beschrieb, wie eines Morgens die Miliz erschien, ihren Sohn und ihre Schwiegertochter abführte, von denen sie seither nie mehr etwas gesehen oder gehört hatte. Verschwunden – und dann folgte der Hinweis auf die Massengräber vor den Toren von Santiago. Überflüssig zu sagen, daß der Papagei die demagogischen Chöre nachahmte, wenn er seine Kralle in der Luft zur Faust ballte und mit englischen Demonstranten VICTORY rief, aber ebenso mit chilenischen Anhängern Pinochets unter Tränen und Schluchzen GRACIAS PINOCHET. Wenn es echt papageienmäßig ist, sich lange Kommentare anzuhören und nur die Slogans zu behalten, so behielt er aus der Debatte um jüdisches Mahnmal oder Gedenkstätte in Berlin auch nur das Wort ANTISEMIT. Das war die Rückseite der Kassette, ein Spiegel-Interview mit Ignaz Bubis wurde dort kommentiert. Daß die jungen deutschen Papageien genau wie ihre Großeltern in vielen Interviews die Meinung äußerten, es müsse mal ein Ende haben mit der Geschichte des alten Deutschland, repetierte der Papagei mit einer eigenwilligen Komposition. Jedes Mal, wenn eine deutsche Stimme mit Nachdruck *Ende* sagte auf dem Tonband, reagierte der Papagei mit *da capo.*

Dann kam wieder Regen, und Musik. (Über die Opfer des kubanischen »Terrorismus« kam nichts, auch nicht bei Sonne.) Dann kam ein Kind, das den Papagei befreien und an die Kette legen wollte. Er solle im echten Garten, nicht im geräumigen simulierten seines Käfigs leben. Natürlich an langer Kette, damit er sich in der Wildnis der Zivilisation nicht verirre. Der Klavierspieler war geneigt, dem Kind seinen Willen zu lassen, war doch das Kind eine späte Freude seiner Einsamkeit und von einer anderen Sonderbaren geschickt, ihn zu besuchen. Das Kind interessierte sich nicht für kubanischen Jazz, nicht für das alte Klavier und die melancholische Stimmung des verfallenden Pavillons. Es wollte den Papagei. Nächsten Tag brachte es eine lange metallene Kette, befestigte sie neben der Tür an einem Ring, demonstrierte, daß die Länge bis in die Wipfel der zwei Bäume reichte, die im Garten standen, und wollte den Papagei aus seinem Pavillon entführen. Der Papagei stellte sich doof, löste mit seinem Schnabel die Kordel und ließ die Vorhänge herab. Metapher dafür, wie sehr Papageien an ihrem (goldenen) Käfig hängen. Oder Papageien-Schlauheit gegenüber dem kleinen Diktator, dem das Neue stets das Bessere dünkt? Aber nicht auf meine Kosten, sagte sich der Papagei vielleicht und erschien am Morgen in rabenschwarzem Federkleid. Vermutlich hatte er vom letzten Lunch einen Tintenfisch aufbewahrt, um sich zu färben. Wenn der Polyp genügend geschockt wird, verspritzt er seine Farbe. Es bleibt ein Rätsel, wie er den Tintenfisch auf dem Trockenen schocken konnte. Aber er war schwarz, das Kind weinte, erschrokken vor dem häßlichen Vogel, mit dem es nicht spielen wollte.

Nun sah er schwarz aus, wie die Tonbandkassetten, die er in der mittleren Etage hörte. Sein Herr, der reichlich trübe Augen hatte, trüber als das Algengrün seiner Fenster, sah wohl, daß er dunkel war, aber verstand die Tränen des Kindes nicht.

Übrig blieb nur die Kette am Haus. Das Kind verschwand, und bei Regen – gab es Musik.

Der neue *Cadavre Exquis* hing, so behauptete der Detektiv, außen am Fenster der Parterre-Wohnung, von außen verdeckt von üppig wuchernden Geranien, von innen durch wolkige Stores. Der Wächter, der keiner war, hielte doch sicher Augen und Ohren offen auf seinen Streifzügen …

Man sah den Wächter oft im neunten Arrondissement, das weit entfernt klingt, aber gleich auf der anderen Seite des Boulevard de Clichy anfing. Man sah ihn in der Rue Fontaine Einkäufe erledigen, es gab dort eine kleine offene Weinhandlung, in der es im Winter den besten Primeur geben sollte und Kaminholz zu günstigen Preisen. Man hörte ihn scherzen, in einem weichen Französisch, das von der Grenze zu kommen schien, vielleicht war er Elsässer oder aus der Lorraine, und vielleicht war er in seiner Grübelei nicht so eingeschlossen, wie er sonst, zu Fuß unterwegs, den Eindruck machte. Er wohnte, wenn man das Tor zum Boulevard passiert hatte, in einem Gebäude rechter Hand auf halber Höhe der Rampe. Man betrat die Parterrewohnung von außen durch einen eigenen Eingang, der mit Blumentöpfen auf den paar Stufen vor der Tür und einer Gardine vor den Glasscheiben den privaten Charakter der Behausung betonte. Man hätte eine weitere Concierge-Loge hier vermuten können, denn die Türsteher, die früher den Zugang kontrollierten, hatten das repräsentative Entrée seit je mit Privatem angefüllt: mit einem Kochtopf auf dem Herd, einer Katze auf dem Sofa, mit einer Unmenge von Familienphotos auf dem Kamin und mit goldgerandeten Mokka-Tassen auf dem Tisch mit dem Wachstuch. Die kleine Zwei-Zimmer-Wohnung des Wächters, der mit bürgerlichem Namen WAECHTER hieß, war lichtdurchflutet (trotz der Gardinen mit kleinen weißen Bommeln an der Bordüre) und wies kaum folkloristischen Kitsch auf. Abgesehen von ein paar Spazierstöcken mit metallenen Plaketten, auf denen der Name unbekannter Dörfer stand, abgesehen von ein paar Filzhüten mit Gamsbärten, hätte nur ein Durchsuchungsbefehl Kuhglocken aus Alpdörfern, Kuckucksuhr und Schwarzwald-Puppen mit roten Kirschen auf dem Hut in der Küche entdecken können. Der Besucher – Dupoivre – aber wurde in den Salon, das deutsche Wohnzimmer geführt, in dem auf einem schmalen Regal ein paar historische Romane zwischen

Varieté-Photos standen. Denn der große Mensch mit dem vergrübelten Blick hinter dicken Brillengläsern hatte ohne Baskenmütze oder Filzhut eine dichte blonde Lockenmähne und kochte vorzüglichen Kaffee. Ein Guglhupf wurde daneben gestellt und angeschnitten – von einer schmalen langen Hand, die einen einzigen Ring trug, am kleinen Finger einen kleinen Siegelring. Die Rosinen in der Geschichte lauteten, vorsichtig, aber deutlich ausgedrückt: Gonzáles habe eine reiche Familie, die über einen Fundus seiner frühesten Dichtungen verfüge. So eine Kiste, sagte Waechter, so eine Kiste wie diese hier stehe in irgendeiner Ecke auf der Ile St.-Louis, und irgendein kleiner Kobold mache sich einen Spaß daraus, Gonzáles mit seinen vergessenen Werkchen an der Nase herumzuführen. Wahrscheinlicher sei es eine betrogene Ehefrau, die sich auf diese Weise in Erinnerung bringen wolle, doch soweit bekannt sei, sei Gonzáles nie verheiratet gewesen. Dupoivre solle Nummern der Familien-Zeitschrift in der Bibliothek des 18. Arrondissements in der Rue Hermel einsehen, da finde er unter dem Siegel L. G. solche kleinen Texte. Als Autor sei er in seinen Anfängen dem Surrealismus verpflichtet gewesen, vor allem aber Apollinaire, der den Begriff *Surnaturalisme* geprägt habe, und Baudelaire, der behauptet habe, alle Kunst müsse *surnaturel* sein und ironisch.

Dupoivre hatte Waechter noch nicht angeredet, und es mochte auf ihn, den niemand vorgewarnt hatte, sur-naturrealistisch wirken, daß Waechter eine Frau war, eine Frau aus dem Badischen, die vor einunddreißig Jahren Deutschland verlassen hatte, um einen französischen Dichter zu heiraten. Denn so fuhr sie fort, daß sie diese Kenntnisse ihrer kurzen Ehe verdanke, nach ein paar Monaten sei er mit der nächsten durchgebrannt, und sie habe sich als deutsche Schönheit mit langen Beinen und blonden Haaren in den umliegenden Variétés durchgeschlagen. Bis ein verrückter Rentier sich ihrer angenommen habe, der ihr eine kleine

Rente und diese Wohnung vermacht habe. Der Schutz, den sie mit ihrem Hund für das Gelände verkörpere, sei rein symbolisch.

Aber warum sollte sich, fragte Dupoivre, der Sitzfleisch hatte und Guglhupf aß, jemand diese Umstände machen, um Gonzáles in sein altes Leben in der Cité Vergangenes auf den Hals zu schicken, aber nicht frei Haus, sondern ans Syndikat und an andere Bewohner. Rufe aus dem Totenreich, sozusagen, denn es lebten, von nächsten Verwandten, nur noch eine mondäne Schwester und eine steinalte Mutter. Sie haben mich gefragt, sagte Madame Waechter, die ungeschminkt und mit freundlichen blauen Augen in nichts an Nachtleben und Variété denken ließ, es steht fest, daß ein paar der Glaskasten-Texte vor dreißig Jahren im *Miroir Noir* standen, und es scheint, als habe auch Gonzáles ein Loch in der Erinnerung und ein anderer eine offene Rechnung mit ihm zu begleichen.

Die Türsteher, Julio und Emile, eigneten sich ungefragt die Aufgabe der Concierge an und fragten die Eintretenden mit strenger Miene, was sie in der Cité wünschten. Emile postierte sich mit aufgerichteten Ohren neben seinem Herrn, und Julio hatte sich eine Uniform-Mütze aufgesetzt, die er bei seinen Großeltern auf dem Speicher aufgestöbert hatte. Die Türsteher wissen nicht, daß man die Einlaß Begehrenden immer wieder auf Umwege schicken muß: Blanquette gesperrt wegen Bauarbeiten. Bitte benutzen Sie den Eingang Boulevard de Clichy. Sie wußten es nicht und warteten umgekehrt oft stundenlang auf einen Passanten. Sie hatten keine Schnur und keine Plastikkegel wie die Bauarbeiter, um eine Absperrung zu simulieren. Aber sie hatten einen Auftrag von höchster Stelle – von Gottesgnadentum, könnte man sagen, denn im kindlichen Reich der Imagination war das Kind absolutistischer König –: den Glaskasten zu schützen durch Grenzkontrolle. Die Glocke von Saint-Jean schlug wohl manches Mal in ihr müßiges Warten, Julio setzte sich ab und zu auf das Mäuerchen neben dem Tor, das ein Malvenbeet umgrenzt, und wenn sich ein Schritt näherte, sprang er auf und nahm seinen Posten ein. Viele Passanten nahmen seine Rolle ernst und ließen sich auf das Fragespiel ein. Hatte der Betreffende Ziel, Adresse und Grund angegeben, durfte er passieren. Julio machte sich Notizen in einem kleinen Buch, das in seiner Hosentasche Platz fand, und hielt Emile bei Laune durch einen Vorrat an kleinen Hundebiskuits, die in seiner anderen Tasche steckten. Die Tür zur Ersten Adresse stand angelehnt, die Eisenläden waren nicht vollständig zurückgeklappt, und Dolores saß im Dämmerlicht. Sie las offiziell in einem Band von Keats, aber die Notizen, die sie exzerpierte auf den freien Deckblättern des Buches, waren ihre eigenen *Fugen.* Sie hatte, ohne bescheidene *kleine Brötchen* zu backen, was vielen nicht arrivierten oder Möchte-Gern-Künstlern eine Lösung scheint, um sich in falsche Solidaritäten zu flüchten mit gleichen Pechvögeln, ihre Ambitionen vor Nachbarn verschwiegen, ohne sie aufzugeben. Sie hatte bereits, unter ihrem Namen Dolores Diaz, D. D., bei FATA MORGANA zwei kleine Bände mit weniger aufwendigen Projekten als ihre *Fugues in b mineur* veröffentlicht, und nun arbeitete sie an der Demonstration, daß alle südamerikanische Musik (trotz Synkopen) kontrapunktisch komponiert sei. Das Problem war, nicht in nostalgische Tango-Melancholien zu verfallen, sondern sich streng an die Kompositionsregeln zu halten. Wenn die Libido so ans Blatt gefesselt ist, braucht man einen Türsteher, der die Leute abzuwimmeln versteht. Da schneite Gonzáles in einem gelb-grün gestreiften Hemd und einem havannabraunen Filzhut herein. Trat durch die Tür, lehnte sie vorsichtig wieder an – der offene Spalt, der den Anstand wahrt – und lüftete nur eine Sekunde die weißen Gardinen, um sich zu vergewissern, daß Julio auf seinem Posten war. Denn als Julio ihn gefragt hatte, was er in der Cité zu suchen habe, antwortete er ganz wie ein Unbekannter, er habe mit Madame Diaz zu reden, es bestehe Verdacht, daß Imitatoren der Glaskasten-Texte ihr einige Pamphlete untergeschoben hätten, um den Verdacht auf sie zu lenken. Und er gab Julio einen kleinen Zettel, den Emile gestern aus seinem Maul verloren habe.

N° 21

Fuchs und Pferd

»Ich hab' den Fuchsbau«, sagte der Fuchs zum Pferd, »du hast den Lauf, schnell wie der Wind. Doch bei der Jagd – wer verfolgt, wer fängt ein, wer entkommt? Jäger, Gejagter sind nicht an der Hetze beteiligt. Das ist die Meute.«

So daß Dolores und Luis im Schutz des Türstehers, sich gegenübersitzend auf Sofa und Barhocker, ihren ersten langen Liebesdialog hatten, ein Dialog, der nie ohne Schmerzen abgeht, weil das geliebte Phantom sich plötzlich mit Realien ausstaffiert: der Gegenwart, der Vergangenheit, des Alltagslebens, aber die Verliebten nicht ohne den süßen Trost geheimer Eröffnungen und Vertraulichkeiten zurückläßt. »Sein Leben erzählen«, im Zeitraffer, im Fragment, »sich erklären«, »sich verstanden fühlen« ... bevor die Tortur der Mißverständnisse und der Selbstkritik wieder anfängt. Durchsetzt von vielen »ich habe«, »ich glaube«, »ich wollte«, »ich dachte«, von angefangenen und abgebrochenen Sätzen, ließ sich der Bodensatz, gefiltert im Papier der durchlässigen »Erzählung«, das Konzentrat, aufgefangen im löchrigen Sieb der »Erzählung«, als Abfall so zusammenfassen: Monsieur Diaz war nicht Julios Vater, das war ein südamerikanischer Schriftsteller, der mit seiner zweiten Frau und den Kindern am linken Ufer in der Rue Bonaparte wohnte. Sie hatte ihn wenige Schritte von hier entfernt in der spanischen Buchhandlung in der Rue Lepic kennengelernt, wo er ein neues Buch in französischer Übersetzung vorstellte und signierte. Er hatte große, helle, irisierende Augen, bereits einen Ansatz von Bauch, eine schulterlange schwarze Mähne und eine Stimme, die so täuschend die Kinderschreie eines von Alpträumen gefolterten Kindes in seiner Erzählung nachahmte, daß sie seit damals nur noch Schriftsteller gelten ließe, die ihre eigenen Bauchredner und Schauspieler wären. Hunderte Stimmen in einer Person, so unheimlich und so erstaunlich wie eine Theatertruppe, die man vor der Premiere unter einen Hut bringen mußte. Kennen ... den andern? Natürlich gab es die Alltagsperson, die Zigarillos rauchte und an jedem Métro-Ausgang, trotz zweier Ehen, denn er war zugleich für die lange, stabile Künstler-Ehe gemacht, seine Laura oder Beatrice zu finden hoffte. Und natürlich hatte sie sich monatelang darauf eingelassen, ihn auf Lesungen in die Provinz zu begleiten, sich im Jardin du Luxembourg mit ihm zu treffen, zwischen zwei Kapiteln seines neuen Romans oder wenn er darauf wartete, seinen Sohn von der Schule abzuholen. Darauf eingelassen, von seinem Leben nur zu hören, in Bruchstücken, sich mit einem Mann abzugeben, der zu ihr aus dem Nichts kam, denn er wollte keine Arrangements, in denen die Geliebte die Kinder der Ehefrau hütet und mit der Familie zu Picknicks fährt oder zu Freunden aufs Land. Darauf eingelassen, daß er den Schlüssel zu ihrem Zimmer hatte, Dachzimmer in der Rue Ravignan, denn sie verdiente ihr Geld damals bei *Radio Montmartre*, was wenig mit südamerikanischer Musik, aber viel mit alten französischen Chansons zu tun hatte, er kenne es sicher, das Gebäude am Ende der Sackgasse, neben dem Square in der Rue Burq. Dann kam Julio, sie hatte ein paar Wochen gezögert, ob sie abtreiben solle, aber der große Julio, der Vater, schien sich durch ein außereheliches Kind nicht erpreßt zu fühlen. Er zahle auch nach wie vor einen Teil des Unterhalts, und später habe sie dann Diaz geheiratet, die klassische Vernunft-Lösung nach der Passion, und Diaz liebe die kleine Familie. Und Luis – der sich der Eifersucht auf eine erotische Vergangenheit mit irisierenden Augen ausgesetzt fand oder der täglichen Gegenwart des Monsieur in der beengten Idylle der Ersten Adresse – Luis hatte keine Passion gehabt, die ein friedliches Ende fand. Seine kurze, stürmische, erste Ehe – und während er redete, dachte er, ob er als Legitimation dieser Kette von Adjektiven Proust und seine Beschreibungs-Wahn-Umwege berufen solle oder sie mit Robbe-Grillet als verpönt im modernen Roman streichen? – hatte ihn aus der Einsamkeit im Quartier Latin nach Belleville geführt. Er arbeitete, wie der Held (Masson, Tàpies, Gonzáles) in seinem späteren Roman, in jenen Jahren als Künstler und legte Labyrinthe an, deren utopische, perfektionistische Kasernen-Architektur durch den Plan als Ruine gebrochen wurde. Er hatte ein großes, ebenerdiges Atelier mit Glasfenstern und Glasdach in der Rue de Retraite, einer billigen Seitenstraße der Rue des Pyrénées, das Atelier war ein Anbau (Veranda?) an eins der typischen kleinbürgerlichen Einfamilienhäuser in Belleville, das er mit einem angrenzenden Zimmer, das heizbar war, von einem Mann gemietet hatte, der in der Rue Orfila einen Elektrohandel betrieb. Anekdoten auf Anekdoten, unterbrach sich Gonzáles, auch das ist verboten im modernen Roman, gestrichen oder neu legitimiert wie die Schaffner-Geschichten von Proust. Und Dolores fragte nicht, unterbrach nicht, sie verstand, was die Schaffner erzählten, waren Vom-Hölzchen-aufs-Stöckchen. Ich hatte riesige Platten aus Sperrholz, sagte Gonzáles, ich siebte den Sand, den ich nicht am Meer von Kretas Küste sammelte und nach Paris transportierte, sondern bei einer Firma für Baumaterialien en gros bestellte, auf die Spanplatten und baute mit flüssigem Klebstoff meine Ruinen: Sand, Sieb, flüssiger, verdünnter, lauwarmer Klebstoff sollten das Zufällige in den

Plan bringen, den Architektur-Plan, und ich erinnere mich, denn es gab gleich Szenen, daß ich einen Lippenstift von Marie-Laure liegen ließ, wo sie ihn in der Wut hingeworfen hatte, nämlich genau im neunten Hof von Knossos XVII, der 17. Variation in der Serie *Paläste, Labyrinthe, Ruinen*, direkt neben einem kaputten Ziehbrunnen und der rostigen Kette. Auch die Rue de Retraite war eine der angeblich immer letzten Pariser Idyllen, mit kleinen Höfen, Gärten, Katzen, zweistöckigen Häusern, Baguette-Stangen und Geranien-Töpfen im Küchenfenster. Wenn man den historischen Blick dafür nicht verloren hatte wegen der ewigen Geldsorgen und Ehestreitereien. Marie-Laure war eine Freundin Louises, der Schwester gewesen, aus demselben halb mondänen, halb bohème-haften Milieu, mal photographierte sie, mal arbeitete sie in einem Laden in der Rue Yvonne le Tac, der Theaterkostüme herstellte. Sie war wie ein schneeweißes, noch rundliches Kaninchen mit großen stillen Augen, vielen Sommersprossen und karottenfarbenem Haar, das schweigend dasaß, wenn die Intellektuellen unter den Freunden die Klappe aufrissen. Hatte sie dann aber ihre Bühne im Privaten, verbrachte sie ihre Nächte mit imaginären Abrechnungen mit beiden Milieus – dem Mondänen der Familie und der Bohème der Freunde. Nachdem er Hals über Kopf das sanfte Kaninchen in der Mairie des XX. Arrondissements an der Place Gambetta geheiratet hatte, nachdem es einen festlichen Hochzeits-Zug durch die Avenue du Père-Lachaise auf den Friedhof gegeben hatte, weigerte sie sich gleich am nächsten Morgen, Gläser und Geschirr wegzuräumen, die die Gäste in ihrem Zimmer in der Rue de Retraite hinterlassen hatten. Was für Frauen Haushalt ist, ist für Männer eine Katastrophe, zitierte sie eine kanadische Schriftstellerin und dokumentierte auf Schritt und Tritt, daß sie ihre Abrechnungen fortzusetzen gedachte in ihrer Ehe. Um das Maß vollzumachen – sie verhöhnte Gonzáles (spricht er so über sich, in der dritten Person?), indem sie behauptete, er verkrafte die unbequeme Ehefrau nicht, er brauche ein kleines Hausmütterchen –, ließe sich von ihrer maßlosen Eifersucht sprechen, doch war auch die vielleicht nur melodramatische Selbstquälerei; er hatte ab einem gewissen Zeitpunkt darauf verzichtet, weiter darüber nachzudenken und hatte sich scheiden lassen, bevor ein Kind diese stürmische Künstler-Ehe verlängern konnte.

Parforce-Ritt am Morgen. Julio saß wieder auf dem Mäuerchen, die Glocke von Saint-Jean schlug Viertel vor eins, und Dolores, längst oder gerade erst neben Luis auf dem Sofa, verlängerte die zärtlichen Gesten durch neue Variationen, Gesten, mit denen sie ihre Reden kaum unterbrochen hatten, sich an den Händen hielten oder ihr Gesicht in seine große viereckige magere Schaufel legte, die – wer wußte es – ein Loch grub für einen Liebesbaum oder ihr Grab, den Kopf, die Nase in seinen offenen Hemdkragen steckte oder ihr Haar hinhielt, damit er zerstreut darin wühlen konnte oder das rote Kupfer strählen bei der Erinnerung an das Licht in der Rue de Retraite, am Morgen. Kein Abschied drohte, keine nahe Tragödie, Julio war noch beschäftigt auf seinem Posten, das Telephon schwieg, und nur eine unbestimmte Vorsicht hielt Dolores zurück, ihre Schuhe abzustreifen, sich bequem auf das Sofa und über Luis' Knie zu legen und weiter zuzuhören. Die dämmrige Höhle und die angelehnte Tür schützten die beiden vollkommener als manches Zimmer in einem Tageshotel. Der Zufall hatte ihnen dieses Versteck beschert, und solange kein Polizist mit Uniform-Mütze hereinstürmte, mit vorgehaltener (Wasser-)Pistole und unterm Gekläff des Wachhündchens schreien würde: Schießen Sie auf die Verliebten!, blieben sie auf dem Sofa. Erhielte Luis zwischen seinen Schlüsselbeinen noch einen Schmetterlingskuß, den er am Abend im Bad vor dem Spiegel fände, den Abdruck, mahne kein Analytiker, Liebe ohne Sex ist wie ein Ei ohne Salz, gäben sie sich in Muße ihrem Dialog hin, Dialog mit zwei oder mehreren SCHATTEN.

Auf der Treppe, die auf halber Höhe zum ersten Stock durch eine geheimnisvolle Glastür unterbrochen wurde, bevor sie in vielen Windungen bis in den 7. Stock unters Dach führte, wurde, wie der Schweif eines flüchtigen Pferdes, das zwischen den Bäumen verschwindet, der Mantelsaum eines Verdächtigen gesehen, der für eine Sekunde in der sich schließenden Tür eingeklemmt war. Das Labyrinth besaß, wie gesagt, viele Möglichkeiten der Flucht, und eine davon war die Glastür im Zwischenstock des Pavillon du Midi. Wenn ein an sich belangloses Zeichen – ein Mantelsaum auf einer Treppe – durch Zufall mit einem anderen – ein poetischer Text in einem Informationskasten – in Verbindung gebracht wird, wird es zum Indiz. Gerade hing der frische Text im Erdgeschoß im Glaskasten.

N° 22

Forelle im See

Eine Forelle schwamm in einem stehenden Gewässer. Eine einzige Forelle mit roten Punkten, in einem stehenden Gewässer, in dem sonst Hunderte Forellen zu finden sind. Stehende Gewässer mit stehenden Forellen. Die Forelle schwamm dicht unter dem Wasserspiegel. Sauerstoffmangel in stehenden Gewässern mit vielen Fischen könnte zu Hunderten von Todesfällen führen. Die Leichen schwimmen, den Bauch nach oben gedreht, dicht unter dem Wasserspiegel.

Eher spielt eine Forelle eine Leiche, sagte die Forelle, als daß sie auf Sauerstoff verzichtet. (Sie schwamm aber umgekehrt, die Punkte auf dem Rücken waren zu sehen.)

Und gerade war die Concierge wieder einmal nicht in der Loge, und gerade hatte wieder niemand die Person gesehen, die mit einem Nachschlüssel den Kasten aufschloß und den Text hineinhing. Aber im Augenblick, in dem auf dem Treppenabsatz die Tür mit der Milchglasscheibe aufgeschlossen war und geöffnet wurde, öffnete sich unten im Erdgeschoß die Haustür, und der kleine Sohn von Maria, der Schwester Madame Alvarez', stolperte über die Schwelle. Er sah den dunkelroten Mantelsaum und kreischte vor Vergnügen. Die Tür fiel ins Schloß –

und die Szene wechselt den Abschnitt. Erster Abschnitt: Treppenhaus im Pavillon. Zweiter Abschnitt: Zwischenhof zwischen Glastür und Hoftür des Vorderhauses zur Rue Véron, zum dritten Ausgang. Wer den Weg von der Rue Véron zum Boulevard de Clichy (oder zur Rue Blanquette) abkürzen und durchs Labyrinth gehen wollte, mußte einen besonderen Schlüssel besitzen, der auf die Schlösser der Glastür und der Hoftür paßte. Die rechtmäßigen Bewohner der Cité bekamen ihn von der Verwaltung ausgehändigt. Zweiter Abschnitt: die Glastür fällt ins Schloß, die Person im bordeauxroten Mantel überquert einen kleinen Steg und schlägt den Weg durch den engen Hof zwischen den Häusern ein. Alle Küchen-, Schlafzimmer- und Bad-Fenster der zwei Häuser gehen auf diesen Hof: tausend Augen, in denen sich nichts rührt. Es ist Mittag, die grünlich-feuchten Wände umschließen den Hof wie eins jener Geheimnisse, deren Zentrum leer ist. In einer Ecke steht die Concierge und spritzt gedankenverloren Boden und Wände ab, wenn sie fertig ist, hängt sie den langen Wasserschlauch über den abgestellten Kran an der Wand. Später wird sie sich wohl erinnern: an das Ins-Schloß-Fallen der Tür, an das Geräusch, mit dem die andere Tür aufgeschlossen wurde, an eine bordeauxrote Fahne. Denn sie wechselt kein Wort mit dem Passanten, er hat es eilig, sein Schritt ist kaum hörbar, schon ist er verschwunden. Und sie dachte … in diesem engen

Hof … vielleicht an eine Erhöhung ihres Gehalts. Oder an das Rheuma in ihrer Schulter. Oder an die neuen Zähne ihres Neffen. Denkt sie nach über den Glaskasten-Täter? Über Gonzáles, wenn ihre Schwester die Liebesstunde in ihrer Loge wohlweislich verschwiegen hat? Später wird sie sich erinnern, wenn der Detektiv sie und den Neffen fragt, als Zeugen, und von beiden eine bordeauxrote Farbe als Indiz erhält. Das Phantom mit der roten Farbe – ein schöner Titel für die Hauszeitung. Die Präsidentin machte einen Anschlag am Brett:

> Am x^{ten} des Monats wurde gegen Mittag eine verdächtige Person in einem weiten dunkelroten Mantel im Pavillon du Midi und im Hof zur Rue Véron gesehen. Für Hinweise sind wir dankbar. Das Syndikat.

Es meldete sich eine Person, eine Bewohnerin der Rue Véron, die dort, ohne daß die Verwaltung davon Kenntnis gehabt hätte, Unterschlupf gefunden hatte, als Untermieterin. Das Gebäude zur Rue Véron hatte fünf Stockwerke und die Dachzimmer, dazu ein zusätzliches kleines Appartement, das separat zum Hof lag und vom Hausflur über dieselbe kleine Treppe zu erreichen war, die zur Hoftür führte. Das Appartement lag also direkt neben dem Hinterausgang. Die Person schien ein schlechtes Gewissen zu haben, weil sie dort ein wenig illegal, ohne Vertrag, wohnte – sie zahlte der Besitzerin eine symbolische Summe, denn die wollte die Miete nicht steuerlich angeben. Madame Schmidt, so hieß die Untermieterin, behauptete, Zuflucht aus einer Ehekrise bei einer Freundin gesucht zu haben, die sich eine größere Wohnung im Haus gegenüber gekauft habe und das Kellerappartement als Geldanlage bis auf weiteres behalten wolle. Reguläre Mieten interessierten sie nicht, nur die Tilgung der Unkosten. Sie hätte es vorgezogen, sich der Hausverwaltung bis jetzt nicht vorzustellen, weil ihr Mann ihren Schlupfwinkel solange nicht erfahren solle, bis die Scheidung ausgesprochen sei, er neige dazu, sie telephonisch oder auch mit Überraschungsbesuchen zu verfolgen und ihr neues Leben zu bedrohen. Sie arbeite in der Druckerei in der Rue Steinlen.

Trauriges kleines Schicksal – und ein weiterer Schlupfwinkel im Labyrinth war durch Zufall aufgedeckt. Wer mochte noch in den vielen Gebäuden der Cité wohnen, ohne daß ihn die Hausverwaltung je zu Gesicht bekäme? In der Rue Véron gab es nicht einmal die Concierge, die die Post verteilte, es gab dort Briefkästen, und nur der Briefträger werfe die Briefe ein an Mme X c/o Mme X. Die Cité – Unterschlupf für das Große CHEZ …

Am Abend nach ihrem Geständnis besuchte Madame Alvarez mit dem Detektiv und dem Neffen Madame Schmidt in ihrem Kellerappartement. Madame Schmidt trug wieder einen weiten Umhang, einen Poncho mit marokkanischem Muster, und auch in dieser untervermieteten Wohnung schienen die neuen Montmartre-Moden über das alte Kleinbürgertum zu triumphieren: Keramik-Geschirr für Tagine und Couscous im Regal wie aus einem tunesischen oder marokkanischen Restaurant aus der Rue Aristide Bruant, leichte spanische Wände aus Bast vor dem Spülstein und vor dem Kopfende des Bettes, das tagsüber mit einer bunten Decke als Diwan benutzt wurde, marokkanische Lederpuffs zum Sitzen und Poster von schwarzen Sängern an den Wänden. Auf dem Sofatisch lag neben Räucherstäbchen ein kleines Buch von Tahar Bel Jelloun. Vor dem Milchglasfenster zum Hof stand eine Zimmerpalme, und auch wenn die Wohnung winzig war, direkt von der Tür ohne Flur zu betreten, nur ein Zimmer zum Hof mit fremden, zurückgelassenen Möbeln, schien sich ihre Bewohnerin dort wohl zu fühlen. Sie bot ihren Besuchern einen grünen Tee an und hörte der Geschichte der Glaskasten-Texte zu. Ich arbeite in einer

Druckerei, sagte sie, aber poetische Dichtungen drucken wir nicht. Sie schwärmte von dem Quartier, von den kleinen Buchläden mit antiquarischen Büchern, von den afrikanischen und arabischen Restaurants, von den Kneipen und kleinen Läden mit Krimskrams, in denen man solche Ponchos kaufen konnte oder falsche Götterstatuen aus Holz oder Terracotta. Selbst spät in der Nacht, sagte sie, sind die Cafés noch geöffnet, und wenn man allein lebt und sich allein fühlt, findet man draußen noch Leben, während im Haus sich über Störungen niemand beklagen könne. Vielleicht sei es zunächst nur ein Spaß gewesen – die Glaskasten-Dichtung – und dann durch denselben oder weitere Mittäter zu diesem Dauerexzeß geraten, ein perpetuum mobile, weil keiner der Wiederholungstäter sich dem Sog des Spiels entziehen könne? Als Spiel ließe sich diese Sache unter Eingeweihten nicht mehr bezeichnen, sagte der Detektiv. Das Syndikat habe Anzeige erstattet, der Bericht läge auf dem Kommissariat, und die Täter wären bereits jetzt vorverurteilt durch die Bezeichnung der ganzen Aktion als PSYCHOterror.

Vor der Milchglasscheibe erschien ein roter Fleck, eine unruhige rote Fläche. Sie verschwand, man hörte Schritte im Hausflur, es klingelte, und im Zimmer stand die Freundin, Besitzerin, die Madame Schmidt zu einem Cocktail abholen und ihr ihre endlich gelieferten neuen Doppelfenster vorführen wollte. Sie wohnte im Eckhaus gegenüber, mit Blick auf einen kleinen Stadtgarten mit hohen Bäumen. Im Zimmer stand eine Frau in einem weiten bordeauxroten Cape.

Auch *die Leute vom Theater* wohnten in einem Haus mit verschiedenen Eingängen. Auf der Nord- und Südseite führte eine Treppe in einen Kellereingang, auf der Westseite eine in den *Pavillon des Platanes,* in dessen Erdgeschoß jener Monsieur *Pas-Ici* hauste, den man nur hinter Bücherbergen versteckt an seinem Schreibtisch erspähen konnte, und auf der

Südseite gab es den Eingang, *Pavillon de Théâtre* genannt, dessen Treppenaufgang von zwei Lorbeerbäumchen in Kübeln flankiert wurde. Die Leute vom Theater wohnten also, wegen der Hanglage des Labyrinths, im Souterrain des *Pavillon des Platanes* und hatten vor dem Haus einen kleinen eigenen Garten, in zwei Sektionen eingeteilt, rechts und links von der Gartenpforte. In der einen wuchs ein alter Kastanienbaum bis in die Höhe des dritten Stocks vom gegenüberliegenden Mittelhaus. In dessen Fenster spiegelte er sich und erzeugte phantastische Wirkung, wenn das reglose Bild plötzlich durch eine schwarze Katze gestört wurde, die in der Astgabelung ihren Mittagsschlaf gehalten hatte und jetzt den Stamm herablief. In der anderen ein ebenso großer Ahorn, der den Amseln und Drosseln vorbehalten war, während die Katzen am Fuß des Baums mit einem der eisernen Sessel vorliebnahmen, die immerhin ausgepolstert waren mit weißen runden flachen Kissen. Der Garten war von einer Hecke aus Kirschlorbeer umgeben, und an dem kleinen Gartenpförtchen hing ein alter Briefkasten. Eine schmale Allee führte zur Treppe, von Rosenstöcken flankiert, die sorgfältige Pflege verrieten. Der Boden, geharkter Kies, ließ jeden Schritt leise knirschen, und in einer Ecke des Gartens, in einer Nische unter der Treppe, die vom Pavillon des Platanes zum Mittelhaus führte, stand ein schwarzes Fahrrad. Jeden Morgen sah man einen Mann in blauem Overall mit dem Jäten der Beete, dem Harken des Kieses oder dem Beschneiden der Büsche und Rosen beschäftigt. Monsieur Brouke, ein zierlicher Mann undefinierbaren Alters, sah mit seinen braunen und schwarzen Filzhüten – der Leser sieht, es wanderten eine Menge Filzhüte durch die Cité – einem Photo von Deleuze ähnlich, dessen geistesabwesendes Lächeln mit Hut und Regenmantel eher dem Stil eines Kriminalromans aus den 30er Jahren glich als dem eines philosophischen Lehrbuchs über Nietzsche. Man sah ihn also in relativer Herrgottsfrühe im Garten arbeiten, später saß er, in der rechten

Sektion unter der Kastanie, die linke unter dem Ahorn wurde aus unerklärlichen Gründen nie benutzt, in einem der eisernen Stühle an einem runden Tisch und schrieb in ein großes Notizbuch. Mit Nietzsche und der Idee der ewigen Wiederkehr verband ihn eine lockere Gewohnheit, er pflegte in unregelmäßigen Abständen seit Jahren auf einem leicht verstimmten Klavier zehn Minuten lang immer denselben Abschnitt aus einer Etüde von Chopin zu spielen, aber der Literaturprofessor über ihm schien diese Repetition besser zu ertragen als das Geschrei der Kinder vor seinem Fenster. Kein Mensch wußte, was Monsieur Brouke den ganzen Tag trieb, es hieß, er schreibe Szenarios für verschiedene kleine Theater, und das war, wenn es auch nicht wahr sein mochte, zumindest gut erfunden, denn er verfügte über die beiden Elemente, die man Künstlern, Theaterleuten nachsagt: den phantastischen Aufzug, in dem er herumlief, und den unbohème-haften Sinn für Ordnung, Pünktlichkeit, Autorität. Er wirkte, und gehörte nicht zuletzt deshalb zu Dolores' Freunden in der Cité, immer wie verkleidet – mal trug er gelbkarierte Hosen wie Sherlock Holmes, mal purpurrotes Cape, mal pfauenblaue Weste. Und obwohl er mehrere Frauen zur Hand hatte, trug er seinen Müll eigenhändig zum Container und speiste jeden Mittag wie ein Künstler vom linken Ufer in einem Bistro auf der Rue Lepic, in dem ihn die halbe Welt zu kennen schien. Es hieß, er sei in dritter Ehe verheiratet, doch verkehrte die Frau, die man regelmäßig bei ihm sah, genauso mit ihm wie ein Gast, wie auch die Tochter aus erster Ehe, die an der Ecole Normale studierte und gegenüber im Mittelhaus wohnte. Sein Haus war ein Taubenschlag, das Törchen stand nie still, er empfing zahlreiche Eleven und studierte mit ihnen Szenen, ob zum Erlernen des Spiels oder der *écriture*, war nicht zu unterscheiden. An Sommertagen verwandelte sich der Garten in einen Sommertagtraum, die Hecken steckten voll Stimmen, Klängen, Echos, Komödien der Irrungen, Lockrufen, Phrasen, Schweigen ... Wie viele Leute er bei sich empfing, wie viele er bei sich beherbergte, wußte keiner, nur die Katzen zählte man auf drei.

Und nun, hätte er zufällig einen Blick vom Treppenbalkon über die Balustrade in den Garten von Monsieur Brouke geworfen, hätte Gonzáles darüber nachdenken können, daß Dolores, Dolores in einem pflaumenblauen Kleid und violetten Blumen im langen Haar, nicht, noch nie zwischen seinen Hibiskus und Orangenbäumen thronte, lagerte, sondern auf eisernem Sessel in diesem Garten des Pavillon du Théâtre. Sie hatten ein Blatt auf dem Tisch liegen und hoben es abwechselnd auf und lasen sich eine Phrase vor, und man hörte Satzfetzen wie ... Mosaik ... Blattgold ... Goldwäsche ... Fuß ... Boden ... Bassin ... Wasser ... Spiegelung. Die Stimmen müssen aus den Hecken kommen, sagte Monsieur Brouke, sie müssen aus Tonbändern kommen, deren ausgeleierte Spule man hört. Stimmen aus Kreta, die diese moderne Ariadne verfolgen in dem Theater am Boulevard de la Chapelle. Dionysos ist vertrieben, aus den Hecken klingen die Stimmen der einstigen Feste, sie sitzt in einem lärmenden Square, über ihr rollt die Hochbahn, man hört nur dieses Rollen, dazwischen die Echos in den Buchsbaumhecken des Squares, in dem verdreckte Kinder in einem Sandhaufen spielen und ihre Förmchen in einem verdreckten Weiher auswaschen. Kein Gold, keine Pfauen. Nur diese langsam irre gewordene Ariadne in einem billigen bunten Kleid, bei Tatie gekauft am Boulevard Barbès, sie wechselte die Wohnung in schlechteren Zeiten, sie wechselte die Seite des Boulevards, von der weißen zur schwarzen, und sieht die Kinder dort spielen. Sie summt: *I sit and watch the children play.* Wie viele Verrückte verbringt sie ihre Zeit, ihre Tage damit, dort herumzusitzen, ihre Wohnung, irgendwo am Rand der Goutte d'Or zwischen palavernden Schwarzen, taucht auf, in ihren Monologen, und dann, in einer rasenden langsamen Rhapsodie, dieser Text, den wir, versteht sich, gefunden haben, im Briefkasten, an den Ahorn geklebt, den wir einbauen in das Szenario *Die Vertriebene im Square*, und Dolores rezitiert:

N° 23

Pfauenwagen

Verschütteter Goldstaub. Geheimnis des Mosaiks – und einer verschwundenen Technik. Welche Tuniken schleifen, Sandalen und bloße Sohlen über diese Vergeudung. Der Boden – als Wandbild. Unter den Füßen: ein kleiner Wagen mit goldenem Geschirr und Rädern, von Pfauen gezogen, Pfauen mit über den Boden schleifenden Schweifen. Der Wagen – ein Karren? – scheint leer. Ein Geschenk, eine Opfergabe liegt drin versteckt, muß noch beschafft werden? Morgengabe für eine Göttin, für eine Prinzessin? Rätselhaft – wie ein leerer Schrein, der eine Reliquie bergen soll, vielleicht eine goldene Garnrolle. Zugpferde – Pfauen. Ein Paar. Behelmt mit dem eigenen Schmuck, dem Latersträußchen auf ihrem Kopf. Blaubrüstig, grünbrüstig. Karikatur eines zweispännigen Unternehmens. Einen Kriegswagen ziehen sie nicht. Auch nicht in Miniatur. Sie ziehen, was unsichtbar bleibt, die Fracht in dem zweirädrigen Wagen. Solch Spielzeug gehört nur zu Frauen; zu Göttern (Phoebus – die Sonnenpferde)?, zu dekadenten Patriziern, die ihre Hetären unterhalten wollen mit Springbrunnenspielen und: Mosaiken. Es heißt, dieser kleine Wagen gehöre zu einem Zyklus, ein Nebenbild (um den Hauptaltar), gewidmet Dionysos. So ziehen die Pfauen dem Bacchanal entgegen? Potlatch – ein Gastgeschenk bergend? Die prächtigen Pfauen. Der Wagen birgt Rausch, sie marschieren geordnet, im Gleichtakt zum Ziel. Was der Wagen birgt, bleibt noch versteckt. Die Pfauen verbürgen die Pracht – vielleicht liegt nur ein rundes Fäßchen in diesem Wagen-Karren aus Grüngold mit altem Wein, für die Hochzeit. Der Rausch ist die Pracht, symbolisch gewidmet Dionysos. Ein Zug, ein Festzug, ein Mosaik.

Flucht oder Vertreibung? Wer weiß, wem so viel Glück erträglich gewesen, sagte Monsieur Brouke und schenkte Dolores geeisten Tee ein. Vergiß nicht den dreckigen Teich, sagte Dolores, das Schlammwasser, in dessen Grund Ari den Goldboden vermutet. Vergiß nicht den Penner, der sie um zehn Francs anschnorrt und den sie für Theseus hält und ihm Vorhaltungen macht, daß er die Kosten ihrer Ménage Dionysos überlassen habe und sich aus dem Staub gemacht, in wichtiger praktischer Mission. Ich weiß nicht mehr, was es war, liest Monsieur Brouke, war es der Golf-Krieg oder ein anderer, weshalb du mich sitzen ließest nach dem Massaker auf Kreta; monatelang hörte ich nur das Brüllen des Stiers, den du getötet hast, das Stampfen der Hufe, die sich im Kreis drehen, im Sand, das Blut, das wie aus einer geplatzten Blase auf den Lehmboden knallt, das Brüllen und deine lautlosen fliehenden Schritte … am Faden, am Faden heraus, beeil dich, die Zeitbombe tickt, der Wasserfaden, der trocknet und dir den Ausweg löscht, die Sonne steht hoch, im Labyrinth ist es dämmrig und kühl, aber du hast den Stier getötet, die Heldentat ist vollbracht, nun spute dich, ernte den Ruhm und verrate die Schwester des Minotauros, die dir den Faden zeigte, Wassersprenger, um Terroristen vom Wege zu fegen, ein simpler Schlauch, der dir dienen sollte als Waffe und dir den Rückweg läßt, offen läßt … Und dann Dionysos, der sich heraushält aus diesen Stimmen von Kreta, sagte Dolores, ich könnte einen Martini vertragen, ist es schon sechs? Und Monsieur Brouke, der lächelt und fragt: wie möchte Madame ihn denn heute, à la Buñuel? Was wohl ein alter Witz ist, denn Buñuel, der Halunke, gab sein Spezialrezept Hunderten Leuten weiter, geheimstes Siegel, strengste Verschwiegenheit: mit Gin, Martini, Zitrone? Mit Eis, Angostura und süßem Martini? Mit trockenem Martini, geeistem Glas und einem Tropfen Wodka? Dolores entscheidet sich für die trockene Version: geeistes Glas, Zitronenspritzer, Gin, etwas trockenen Martini. Dionysos, der ein Immobilienhändler ist und die ganzen Inseln im Mittelmeer aufkauft und postmoderne Paläste anlegen läßt mit Fresken und Mosaiken und einer nicht abreißenden Kette von Gelagen, die über den Mittelmerraum schallen; wer könnte so viel Glück schon ertragen, nach dem Massaker auf Kreta? Ari, wie sie die Kinder rufen, sitzt auf dem Square, Métro Chapelle, und sucht im Schlamm nach den Mosaik-Steinen eines geträumten Lebens …

Und Dolores seufzt und trinkt ihren Martini Dry, die Sonne steht tiefer, schon bald ist es sieben, und manchmal, zwischen zwei Sekunden, im Leerraum, fällt auch ihr plötzlich ein, warum sie ihr Leben verbringt und in fremden Gärten herumsitzt, irgendwo gab es Orangenbäumchen …

Und da sagt Monsieur Brouke, wir müssen die Tonbänder noch einmal prüfen. Wenn ich mich um die Technik nicht kümmere, vergessen sie wieder eins.

Auffahrt und Freitreppe waren der Schauplatz eines Festes, das alle Bewohner der Cité sich selbst gaben. Die nubischen Göttinnen trugen bei Tageslicht bereits illuminierte Fakkeln, unten am Tor standen die Kinder und verteilten aus Wäschekörben, in denen sich Rosen in allen Farben häuften, an jeden Gast eine Blüte, und die Hunde warteten fröhlich wedelnd auf die Stücke von Braten und Kuchen, die für sie abfallen würden. Es war kurz vor dem 14. Juli, in wenigen Tagen läge die Cité verlassen im heißen und staubigen Paris, aber noch waren fast alle da und ließen sich drei Stunden Zeit, um zu erscheinen. Die Dandys unter den Herren hatten Mühe, auf der richtigen Farbe der Rosen zu bestehen, und die Damen, ihre taufrische Kühle, ihre unzerknitterten Wangen und Leinenkleider zu präsentieren, denn noch um 20 Uhr kochte das Pflaster und schwitzten die Mauern. Da hatte die Ordnung der Kinder sich langsam aufgelöst, und sie rasten in langen Reihen die Rampe herauf und um den Tisch und okkupierten den heute exzeptionell geöffneten Square, in dem, unter Papiergirlanden, die Künstler der Cité ihre Monstren ausstellten, Puppen aus Pappmaché, knallbunt, und später am Abend wurde einer ein Auge ausgeschossen, mit einer Spielzeugpistole. Überall standen die Fenster auf, trotz der Hitze, um den Neugierigen ein Spektakel zu bieten, an dem sie besser teilgenommen hätten, denn wie beim Rausch versteht nur der Betrunkene die eigene Begeisterung oder Angeödetheit. Die Präsidentin war die Schirmherrin, und so kam aus zwei Lautsprechern nur leise Musik, Pergolesi und Vivaldi, und abgesehen von dem Pop-Zirkus im Square, war die Dekoration angemessen, klassisch – clarté in der Abendsonne, die, wie gesagt, alles tat, um die clarté zu chaotisieren. Einige Gäste assistierten der Sonne in ihrer anarchischen Geste und attackierten die Ordnung des Festes, indem sie schon früh um sieben zu schwerem Bordeaux griffen und das Blut in der Sonne kochen ließen, während die Vorsichtigen sich mit Gespritztem oder leichtem Weißwein begnügten. Eine lange schmale Tafel zog sich, ungefähr auf der Höhe des Hauses von Madame Waechter, über die Rampe, weiße Papiertücher, richtige Gläser (keine Pappbecher) und Porzellanteller standen gestapelt zwischen Eimern mit Sommersträußen, in denen auch Flaschen kühlten. Die meisten lagen im Kühlschrank der kleinen Druckerei, die zu Füßen der

Treppe in einem kleinen Schuppen untergebracht war. Auch Bänke und Stühle waren angeschleppt, es gab kein Sammelsurium, wie bei den demokratischen Festen, zu denen jeder sein Teil beisteuerte, seine Portion Quiche oder Mousse au Chocolat, jeder hatte eine kleine Summe gezahlt und das Festkomitee organisierte Weine und Wasser, Terrinen, Salate und Rôtis. Ein paar Lampions, rote, gelbe, grüne, blaue, schaukelten an elektrischen Ketten, um Birnen drapiert, die Monsieur Alvarez installiert hatte, von Hauswand zu Hauswand gespannt über der Galerie. Ein Programm gab es nicht, keine Reden, keine Aufführungen, doch gegen zehn, als die Rampe überflutet war von Flanierenden, die ihre Weingläser in der Hand hielten und kaum Zeit fanden, die Terrinen, Rôtis und Salate zu probieren, so neu waren die stadtbekannten Gesichter, daß die Vorstellungen und Begrüßungen nicht abbrachen, was nicht heißen soll, daß die notorischen Eckensteher und Beobachter sich nicht auch auf ihren Posten befanden – doch gegen zehn verlas die Präsidentin einen Text, der ihr, wie sie sagte, mit der Rechnung des Traitteurs präsentiert worden sei. Wer das kleine schwarze Kostüm der Präsidentin, die schmale Leinenjacke und den langen Rock, wer die langen Jett-Gehänge unter ihrem blonden Herrenschnitt schwanken sah im spätesten Abendlicht, das orangefarbene Kreise auf die blauen Mauern warf, wer also Muße hatte, sich ihre verhüllten Schultern vor Augen zu führen, der höre:

N° 24

Pfauenaugen

Einst ließ sich ein Pfauenauge auf meiner Schulter nieder. Ruhte dort, bebte nur leis mit den Flügeln, schlug sie nicht mal zusammen. Schulter, Insel der Ruhe, der Schmetterling sonnt sich, die Schulter bewegt sich nicht. Wann er wegflog – Schmetterling, durchsichtiges Symbol einer flüchtigen Seele. Zitronenfalter? Mit schwarzen Punkten? Ich sucht' mir das Pfauenauge aus, violette Tupfen auf rotbraunem Grund. Schmetterlinge mit *Augen*. Denn ist die Seele auch leise – sie sieht, mit vier Augen. Sie flieht, sie hängt in den Bäumen, und keiner weiß, wo sie gerade steckt. Flügel mit Augen. Die Seele flog über Wiesen, taumelte unter Büschen, flatterte über Gewässern. Ruht auf dem Körper. Lange? Vielleicht nur kurz. Seele auf Körper? Auf Schulter? Die eigene Seele – verließ sie den Körper und kehrte zurück? Gestorben – die Seele flog gegen Himmel? Zurück für einen Moment – auf den Flügeln meiner Seele? Es weiß doch ein jeder: wir haben so viele Seelen, Hunderte Pfauenaugen, die durch die Lüfte schwirren – und sich verirren. Zum eigenen Körper. Ein surrealistischer Witz. Die Seele flog aus. (Breton besaß Glasaugen, in einem Kästchen. Die sahen aus wie Schmetterlinge, wie Pfauenaugen. Ich sah sie in einer Ausstellung im Beaubourg.)

Madame Alvarez lächelte ein spitzbübisches, bäurisches, erdfarbenes Lächeln, ein Lächeln aus Lehm, mit Grübchen. Denn heute war sie dispensiert von der ganzen Geschichte, sie hatte nichts bekommen, doch außer der Präsidentin erhielten noch andere den Text mit Pfauenaugen, aber, sagte Gonzáles zu Madame Pititoff, ein Glühwürmchen im Haar würde heute sicher ähnliche Sehnsüchte stillen. Denn leider schläft nur in den Frauen noch immer die Sehnsucht, die Banalitäten des Alltags, der Stehparties und der Aufbrüche um den 14. Juli zu überschreiten. Madame Pititoff sah selbst ein wenig aus wie aus dem Zirkus und wußte, daß jetzt blaue Blumen in der Nacht wachsen mußten, Glühwürmchen flirren, schillernde Seifenblasen zum Himmel steigen und ... ja, Pfauenaugen. Auch sie hatte einen Brief erhalten. Sie wohnte im Mittelhaus, gehörte zum festen Stab eines kleinen Theaters, und im Geiste sah man sie nur sechsbeinig durch das Labyrinth gehen, zielstrebig, mit flinken kleinen Schritten, denn an der Leine führte sie einen King Charles, der zierlich, mit ängstlich-beleidigtem Pekinesen-Gesicht und großen traurigen Kugelaugen allen anderen Hunden auswich. Sie mochte kaum an die Vierzig sein, befleißigte sich der Tradition gewisser weiblicher Ticks (wie dem eines Mäntelchens für den Hund an regnerischen Tagen) und hatte sich mädchenhaften Charme und zeremonielle Höflichkeit erhalten, so daß alle Welt sie für entschieden jünger hielt. Auch sie trug zur Zeit rötlich schimmernde Haare und war stets so vollständig geschminkt, daß ihr Gesicht den Entgegenkommenden wie eine kleine Theatermaske grüßte. Gonzáles hatte ein Faible für sie, obwohl er noch nie mehr als ein paar Worte mit ihr gewechselt hatte. Heute erschien sie mit einer fast erwachsen wirkenden Tochter, die die Ungeschminktheit, die Melancholie, die Lustlosigkeit, kurz, die graue Bedrücktheit ihrer siebzehn Jahre ausströmte, die von Lampions und Pfauenaugendichtungen angeekelt war, ohne daß sie ihr Engagement für *Amnesty International* oder SOS *Racisme* hätte als Grund gegen die seichten Spiele des Syndikats ins Feld führen können. Doch Monsieur Brouke, ein Meister in der Behandlung schwieriger Fälle von Überdruß und Unbehagen in der Kultur, fing ein Gespräch über Marionetten mit ihr an, und sie gestand ihm tatsächlich, daß sie nach Berlin auf den Prenzlauer Berg gehen wolle, um dort das Puppenspiel zu erlernen.

Über die Galerie strömte eine Flut von Flanierenden, die seriöseren Herrschaften, die sich bald in ihre Villen auf dem Land zurückzogen, verhielten sich distinguiert und aßen kaum mehr als ein halbes Petit four, während andere aßen, als lebten sie eine Woche von dem Buffet. Die Konversationsfetzen gingen über den neuen designierten Maire von Paris: wäre es der andere geworden – der andere von Kouchner war Jacques Lang, der andere von Jacques Lang war Bernhard Kouchner –, hätten wir nur Feste und Multikulti und Love Parade, hätten wir nur Sammlungen für Lazarettwagen und Inspizierungen der Santé, nachdem das Buch von Véronique Vasseur monatelang auf der Bestseller-Liste stand, medizinische Versorgung im berühmtesten Gefängnis von Paris, mitteralterliche Zustände, haben Sie es gelesen, *Médecin-Chef à la prison de la Santé*? Demgegenüber waren die Mimosen an der Côte d'Azur (und bei Colette oder war das der Lavendel in Grasse?), die Bekenntnisse des DDR-Spions Wolf und das rasante Buch von Lévy über Sartre schon ein wenig abgestanden. Engagement, sagte der Detektiv, nicht mal der Taschenspielertrick: alles kommt einmal wieder, hilft diesem Skelett aus dem Grab. Niemand redete heute über Kanalisation, bröckelnde Mauern und verrostete Geländer, und selbst die Laternen leuchteten vorschriftsmäßig und nicht allzu grell die Nacht aus. In den Bäumen tönten Vivaldis *Vier Jahreszeiten*, kein Wind fächelte Kühlung, die Nacht kochte diskret zwischen den Mauern, und Dolores hatte zu viel getrunken, als daß nicht Monsieur Alvarez zu seiner Frau gesagt hätte, sieh an, sie macht dem Schriftsteller schöne Augen. Monsieur Diaz und Julio hatten sich auf den Square verzogen und versuchten, eine der Puppen in Gang zu bringen, es hieß, sie mache kinetische Verrenkungen, doch fanden sie den Knopf nicht, der die Batterie in Gang setzte. Und Gonzáles unterhielt sich mit einem Journalisten, nicht Pontalis, der war mit seinem Freund erschienen, in weißen Hemden und schwarzen Hosen mit roten Streifen, und wußte noch immer nicht, daß in seiner Abwesenheit Sodomie stattfand in seinem Appartement und auf seinem Fahrrad verdächtige Papiere geschmuggelt wurden. Oder war es das von Monsieur Brouke? Sie sahen so ähnlich aus. Gonzáles unterhielt sich mit einem Journalisten, der eine Weile als Korrespondent in Madrid gearbeitet hatte, über die Zukunft der spanischen Wirtschaft, das heißt, Gonzáles hörte höflich zu, denn der andere glaubte, der spanische Name signalisiere Kenntnisse, die er nicht hatte. Dann stand er in einem Kreis von mehreren Herren, als setzten sich spät in der Nacht die klassischen Gruppierungen wieder durch, die politisierenden Herren und die kultivierenden Damen, doch er warf einen vorsichtigen Blick über die Rampe und entdeckte nirgends in einer Runde von Weiblichkeiten, die über Mode oder Gedichte sprach, die gestern im *Figaro litteraire* besprochen worden waren: Dolores. Nein, sie war nirgends, dabei wäre sie jetzt, in der Nacht, unübersehbar gewesen, da sie Weiß trug, leuchtendes Weiß, ein Kleid bis auf den Boden, gebauschte Ärmel, wie bei ihr üblich, und einen hauchdünnen weißen Schal, der über die Schulter bis zu den Kniekehlen fiel. Eine Weile mußte er freilich noch bleiben, am Fußende des Tisches saßen die Nornen und probierten die Petits fours und zur Nacht ein einziges Glas Champagner ... Und die Herren sprachen über Spanien unter Franco und hegten recht reaktionäre Ansichten über den Terrorismus, sie sagten tatsächlich: Terrorismus der Intellektuellen und meinten keine baskischen Befreiungsbomben. Aber dann löste er sich doch aus der Gruppe und stieg die prächtige Freitreppe hoch, und um ein Haar hätte die Präsidentin ihn noch erwischt, abgefangen und in weitere Gläser Champagner verwickelt. So warf er noch einen Blick zurück über die Balustrade auf das festliche Treiben, die Kinder hatten sich Kränze aufgesetzt aus den Sommerblumen und saßen auf den unteren Stufen der Treppe und erzählten sich Räuber-Geschichten, und eine Sekunde verlor er den Ton, eine nächtliche Stummfilm-Szene, aus der die festliche Spannung geschwunden war, er sah die Tafel, noch immer nicht abgeräumt, desaströs, die Leute stehen und sitzen, ein paar Paare spazierengehen, das warme Nachtlicht, die paar Lampions und am Ende den dunklen Durchgang, das filigrane Tor und wie eine hellere Folie aus Quecksilber die Luft dahinter. In der Nähe tanzte ein Paar und stieß im Drehen ein Glas von der Tafel, das ungehört klirrend zu Boden fiel, unter den Füßen der Tanzenden knirschte und keinen Riß in die Nacht zog, zerbrochenes Glas mit schrillem Ton. Und er fand Dolores unter den Bäumen des Irrgartens, vor dem Zaun, und nahm sie mit in sein dunkles Haus, in das Bett, auf das tatsächlich der blaue Mondschein fiel. Und staunte nicht, wie schnell sich Dolores aus ihrem Kleid geschält hatte und als ein Schatten auf dem Bett lag, obwohl sie kaum dunkler war als die Laken und warm wie eine andalusische Tänzerin, die den ganzen Abend um ihn herumgestrichen war, bis ihre Fußsohlen brannten. Eine Wolke zog über den Mond, und auf ihrem Gesicht lag ein heller Streifen, auf den geschlossenen Augen, sie rührte sich kaum, als er sich zu ihr legte, er hörte nur leises Atmen, kaum einen Seufzer, auch nicht am Ende, als ihre Arme, die Beine von ihm fielen, sich lösten und sie die Augen aufschlug.

Und als er allein zurückblieb, sah er sie schlafen, mit leicht geöffnetem Mund, die Haut immer noch warm wie ein Wasser, auf dem die Sonne liegt. Dann kam die Stimme von Marie-Laure und zerstritt ihm die Nacht – und er wußte nicht, ob das schon eine Untreue war oder eine alte Verfolgung. Die Leser wollen wissen, wie der Fick war, sagte sie, und er versuchte, jene verhetzten Gesten, die er lange vergessen, aus dieser Nacht zu verscheuchen. Sie wollen nichts hören von stillen Wassern und warmer Haut, sie wollen das Stöhnen, den Schweiß, das Umherschlagen des Kopfes, das Ringen im Bett, die gestammelten Liebesschwüre, die leisen Kommandos, sie wollen hören, daß ihre Fotze … auf seinem Schwanz …, daß sie einmal, zweimal, dreimal, sie wollen hören, daß er noch nie so gut … wie mit ihr, und vielleicht lassen sie noch die blumige Metapher gelten, daß der Liebhaber der Geliebten nach dem Fick eine Blume à la D. H. Lawrence in den Busch auf ihrem Venushügel flicht, und sie läuft mit dem scharlachroten Zeichen über ihrem klaffenden Loch durch den Tag.

Dolores aber schlich sich mit einem kleinen Stachel – von Mondstrahl? von Trennung? – durch die offengelassene Tür in ihr eheliches Bett, ließ die Kleider an und schlief ein.

In der Loge des Concierge war hoher Besuch. Und Monsieur Alvarez wußte nichts von seinem Glück – oder Pech, denn jemand, sicher nicht er, obwohl allein er die Schlüsselgewalt in der Loge hatte, hatte vergessen, sie abzuschließen, war vielleicht abberufen, für ein paar Minuten, und aufgehalten. Als er wiederkam, traf er den Besuch an, der einen Stapel mit Papieren beiseite gefegt hatte und auf der Fensterbank, auf der niedrigen, breiten Fensterbank saß. Die Loge am Ende des Tordurchgangs, unten am Boulevard, wirkte wie ein Kontor oder das Büro eines Detektivs: sie hatte als Fenster eine Milchglasscheibe mit breiter Schrift im Halbbogen:

und neben der morschen Holztür ragte ein zweites Schild wie an einer alten Polizeistation über den Weg, ein Winker, und doch hatte der Besuch mindestens zehn ungeduldige Minuten damit verbracht, im Torgang auf und ab zu gehen, bis ihr ein weiterer Guide die Loge gezeigt hatte. Der erste, es war die hilfreiche Sophie, hatte den Code gedrückt und

Madame über die Schwelle, den eisernen Rahmen des Tores steigen lassen. Man stelle sich die verhärmte Sophie vor, die ewige Zigarette in der linken Hand, im alten Trenchcoat, neben einer hochgewachsenen Frau mit großem Hut, deren Leinenkleid, Schuhe, Gürtel, Handschuhe und Tasche aus geflochtenem Kalbsleder auf den Westen deuteten, als Wohnsitz, deren blondes Haar und großer Mund, mit dem Rot von Paloma Picasso gefärbt, das Alter nicht definieren ließen, wie bei all den gut konservierten Leuten, deren größte Sorge das nächste Golfspiel ist. Auch darin kann jede böse Zunge sich täuschen. Denn Louise de … – sie war in dritter Ehe verheiratet, und dieses Mal war es vielleicht wieder eine Mesalliance, aber nicht in den Augen der Familie – sagte zerstreut, was für ein schönes Motiv, diese Milchglasscheibe, schön wie auf alten Photos von Ronis die Scheiben der Telephonkabinen und der Cafés. Und der Leser mag sich erinnern, daß Louise in den Augen Gonzales' in Jeans herumläuft, mit einer Kamera, und abstruse Örtlichkeiten photographiert. Monsieur Alvarez traf also den Besuch an, der die Aktenschränke mit Rolltüren und Vorhängeschlössern, den Tisch und die Bürolampe mit Metallschirm eingehend gemustert hatte. Ich möchte zu Monsieur Gonzáles, sagte Louise und zeigte kein Erstaunen, daß ein so schöner Mann in dieser düsteren kahlen Loge sein Leben fristete, eine gestrickte Wolljacke über dem blauen Kittel, Hausverwalter, Türsteher, und als wolle er gleich beweisen, daß er auch über andere Register des Umgangs verfüge, griff er zum Telephon und wählte eine Nummer. Es ist Besuch für Sie da, sagte er, er erwartet Sie in meiner Loge, hängte ein und hatte nicht im geringsten das Ansinnen gestellt, die Dame könne sich ihren Weg allein suchen. Es ist erstaunlich, würde Gonzáles repetieren, wie es manchen Frauen auch im XXI. Jahrhundert gelingt, ihrer Umgebung zu suggerieren, daß man ihnen gewisse Unbequemlichkeiten erspart. Gonzáles ließ sich Zeit, da er nicht wußte, daß der Überraschungsbesuch seine Schwester war. Monsieur Alvarez kramte in seinen Papieren, als suche er etwas, und Louise de … fragte ihn kameradschaftlich, ob er unter der Jagd nach dem geheimnisvollen Störenfried zu leiden habe. Eine weitläufig verwandte Nichte bewohne hier in der Cité irgendwo ein Studio, sie habe sie zufällig vor ein paar Tagen im Café de la Paix getroffen und die ganze Geschichte brühwarm erfahren. Sie fragte, ob sie rauchen dürfe, drehte sich eine, steckte sie aber dann in eine Zigarettenspitze, so daß der Out-Look intakt blieb: Hut-Krempe, Schatten auf Gesicht, Zigarettenspitze und roter Mund. Monsieur Alvarez schüttelte den Kopf. Es paßt nicht, sagte er, nichts paßt zusammen. Nicht diese Dichtungen zu diesem Schabernack, und nicht der Unsinn zu dieser Wirkung – einige der Bewohner ließen sich ernsthaft aus dem Häuschen bringen durch diese Fremdkörper, die inzwischen in die Cité flatterten wie aus einem Ballon abgeworfen. Ich glaube, sagte Louise vorsichtig, nicht nur ich kam ungestört in die Loge, und Monsieurs Gesicht verfinsterte sich. Ich vermute, Sie haben die Loge abgeschlossen oder Sie wissen es nicht mehr. Aber hier auf der Fensterbank liegt eine Nummer, und ich weiß nicht, ob sie schon bekannt ist:

N° 25

Pferd und Krieg

Ein blaues Pferd von Franz Marc sprang über den Schützengraben. Unten lagen die Gasmasken. Das blaue Pferd, sprachen die Dichter, ist Einspruch gegen die *rauhe* Wirklichkeit. Schützengraben und Waffengeklirr. Im Westen das Neue. Unten im Graben lag schon Franz Marc.

Ich könnte Sie trösten, auch ich hatte vor vielen Jahren solch ein Phantom in meinem Leben, plötzlich standen Fenster auf, Türen, die ich verschlossen hatte, Einkaufstaschen verschwanden oder Zeitungen, hier eine Schallplatte, dort eine Weinflasche, ein Schal, ein Buch – und ich verdächtigte alle Welt. Meine Verwandten hielten mich damals für übergeschnappt, aber hier ist doch niemand persönlich …? Es gleicht sich aus, sagte Alvarez, erst war nur die Präsidentin betroffen, sie hatte den Schlüssel, dann meine Frau, der Kasten, in dem die Dinger zuerst auftauchten, hängt oben im Pavillon du Midi vor ihrer Loge. Solche Sachen sind wie die Pest, sagte Louise de …, meistens kriegt man nicht heraus, wer den Spuk inszeniert, doch bis er aufhört, herrscht Nervenkrieg. Bei Hitchcock würde der Täter gefunden, in *Gaslight* zum Beispiel. Aber wer könnte hier Interesse daran haben, daß die Bewohner sich unsicher fühlen, sich verdächtigen und gegeneinander aufgebracht werden?

Keine Antwort, Alvarez blieb stumm. Und hätte sich sehr gewundert, wenn er eine Stunde später dem Gespräch zwischen Louise und Gonzáles hätte lauschen können. Zunächst führte er sie die Rampe, die Treppe herauf, dann durch das Mittelhaus, an Monsieur Broukes Garten vorbei, die nächste Treppe herauf bis zum Irrgarten. Er erläuterte seinem Gast, versetzt mit einigen Anekdoten, die Cité wie ein Besitzer, der am Wochenende in gelber Weste und offenem Hemd seine Latifundien beschreibt. Es war seine Gewohnheit, zu tun, als beträten seine Besucher die Cité zum ersten Mal. Louise amüsierte sich und hätte am liebsten den einen oder anderen Keller inspiziert. Aber sie dachte an ihre Mission, und als sie in seiner Laube saßen und nicht befürchten mußten, unerwünschte Abhörer zu haben, weil die Ferien das Gelände geleert hatten, viele Läden geschlossen waren und nur das Ehepaar Alvarez erwog, nicht in Ferien zu fahren, sondern zu kündigen, weil Stimmen laut geworden waren, daß sie geschmierte, bestochene Helfershelfer wären, anders wären die Täter längst geschnappt … Als sie dort saßen, verriet Louise den Grund ihres Besuchs. Es gibt Gerüchte in der Familie, mich interessieren sie nicht, du weißt es, auch Mama nicht, und Papa und Charles sind längst tot. Aber dieser perfide Typus, der sich für fremde Angelegenheiten über Gebühr interessiert, stirbt leider nicht aus. Ich möchte dir den August nicht vergiften durch Klatsch, aber ich möchte, daß du weißt, wie wenig abgedichtet du lebst, wenn an dem ganzen Gerücht auch nur das Geringste dran ist. Erstens: du hast ein Verhältnis mit einer rothaarigen Dichterin, die keinen Pfennig besitzt, nur einen Sohn, einen Hund und darüber hinaus einen Ehemann. Zweitens: ein paar der Texte, die hier aufgetaucht sind, stammen aus früheren Veröffentlichungen von dir. Es besteht also ein Zusammenhang zwischen dir und den Tätern. Manche halten dich für gaga und glauben, daß du in Anfällen von Exhibitionismus deine Umgebung mit dem Segen früher Schriften beglückst. Drittens: Mama hat einen Brief erhalten mit der Drohung, daß die ganze vertuschte Familiengeschichte ans Licht gezogen werden soll.

Wer weiß, sagte Gonzáles, es wird irgendein Würstchen sein, das meine Texte imitiert – GONZALES SPEEDY GONZALES – und ans Licht holen möchte, was längst alle wissen, daß Madame Madeleine Leroy einen außerehelichen Sohn hatte vom Bruder ihres Mannes, es ist längst bekannt, und nur Idioten befürchten, daß die Details noch Unangenehmes brächten. Ich schlage vor, wenn die ganze leidige Sache vorbei ist … aber du könntest die Keller photographieren, ich habe noch eine andere Sache für dich … und er erzählte ihr Julios Gefangennahme im Keller. Louise fand trokken, inzwischen wachse sich die Sache wirklich aus zu einer Kriminal-Story, er solle zu ihr aufs Land kommen, wenn er Lust habe und sich von seiner Unbekannten trennen könne. Aber Gonzáles sagte, er stecke tief in einem neuen Buch, er werde im Herbst verreisen, und brachte sie an den Boulevard zurück, wo sie ihren kleinen Sportwagen geparkt hatte. Im August findet man Parkplätze in Paris, sagte sie und fand ihren Schlüssel nicht.

In der Loge des Concierge brannte die Bürolampe, durch das kühle Dunkel des Torgangs fiel schwacher Schein durch das Milchglas. Die Loge war verschlossen. Und am Ende mußten sie ein Taxi bestellen, um einen zweiten Schlüssel zu holen, und niemand wäre auf die Idee gekommen, daß auch Hausdetektive, Passanten oder Conciergen über Taschenspielertricks verfügen, Spiele mit doppeltem Boden.

!!! Le Prisonnier ne travaille pas !!! Wenn dieses Motto aus den Tiefen des Wassers aufsteigt und im Spiegel auftaucht, hat der Träumer eine ähnliche Operation ausgeführt wie jener Künstler, Saint-Paul Roux, der, wenn er schlief, ein Schild an seine Tür hing, auf dem stand *le poète travaille*. Beide bestätigen die öffentliche Meinung, daß der Zuchthäusler, der gewöhnlich Galeerenarbeit verrichtet, nicht arbeite, und der Dichter arbeite, wenn er träume. Das heißt: weder der Justiz-Häftling noch der Dichter arbeiten *wirklich*. Wirkliche Arbeit im Sinn der öffentlichen Meinung bedeutet: Beitrag zur Vermehrung des Brutto-Sozial-Produkts. Weder Träume noch Poeme, noch Galeerenarbeit vermehren dieses Produkt. Denn der Galeerensklave, der stumpfsinnig Papiertüten klebt, wirtschaftet angeblich nur die Kosten heraus, nicht einmal die Kosten, die sein Platz im Zuchthaus den Staat kostet. Und die Träume, die Poeme sind ohnehin subventionierter Luxus. Prisonnier zu sein (wie Poet) heißt: versorgt durch staatliche und private SUBVENTION: Wenn also Minotauros die lebenden Reparationszahlungen Athens an Kreta frißt, erfüllt er nur seine verdammte Pflicht und Schuldigkeit. Kreta gewinnt kein Goldstück durch die Vernichtung der Geiseln und verliert auch keines, das zum Unterhalt nötig wäre, ließe man die Athener Jugend in der

Gefangenschaft arbeiten. Verschlingung, ein Akt reiner Vergeudung – auch wenn unter dem Strich 0 bleibt –, und man muß glauben, daß jede Gesellschaft diese *Verausgabung* benötigt. Eine Gesellschaft ohne Subvention der Kunst wäre vernünftiger, aber undenkbar: was fingen die Noailles mit ihrem Geld an, subventionierten sie nicht privatkapitalistisch *L'Age d'or* von Buñuel. Was geschähe mit dem Rechtsstaat, sperrte man die Verbrecher, soweit man ihrer noch habhaft wird, nicht ein auf Staatskosten. Subventioniert: Theater, Gefängnisse – und die Akteure sind wie staatlich bezahlte Eremiten, die im gesellschaftlichen Spektrum Dekor liefern.

Erfüllt also auch der Prisonnier eine Erwartung und muß sich dennoch den Vorwurf des Drückebergers und Arbeitslosen gefallen lassen, weil der Bürger braucht, was er beschimpft, so wußten wir schon, daß auch der Bastard eine Erwartung erfüllen muß, damit die Fanfaren des Raisonnements zu blasen anfangen können. Der Bastard schröpft, anders als die legitimen Erben, die auf ihr Erbe warten müssen, die Taschen der Familie zuvor, denn *legitim* hat er Ansprüche auf Unterhalt erst seit jüngerem Datum, und was ihm freiwillig gespendet wird, ist also Subvention. Hat sich ein Bastard wie Luis Gonzáles mit seinem Allerwelts-Anonymus-Namen einmal daran gewöhnt, daß er bekommt, was ihm rechtens nicht zusteht, Unterhalt und Apanage in Kindheit und Jugend, leitet er folgerichtig daraus ab, daß illegitime Zahlungen zur Verpflichtung nach Gewohnheitsrecht werden. Nur der Vermögensverwalter mag denken, daß nach gezahlter Ausbildung die Investition produktiv gemacht wird durch ARBEIT. So daß der Bastard der Vorläufer des Künstlers und der Verwandte des Gefangenen ist. Ein für allemal hat er dem Glück des Tüchtigen abgewunken. (Man muß zu Gonzáles' Entschuldigung sagen, daß er sein bescheidenes Auskommen seit Jahren, er ist über fünfzig, selbst aufbringt, durch Kunst und Subvention, nur sein Haus verdankt er einer illegitimen Gabe, Abgabe seiner Mutter, die ihm vom Erben, Louise, nicht streitig gemacht wird.) Luis Gonzáles, ein friedlicher Illegitimer, ist, dank Vermögens-Masse, niemandem lästig geworden. Vielleicht ist auch das ein Grund, daß er den Status des Außenseiters nicht auspolstert mit Haß – auch sein Großvater, der aus seiner Jugend, ohne rechtes Wissen der Mutter, ein Gefängnis gemacht hat, ist tot, und die Nachfahren seines Fouchés müde Fliegen, die die Unvorsichtigkeit begingen, in seiner Abwesenheit einen Sachverständigen in sein Haus zu schikken, um seine Sammlung zu schätzen. Sie stellen noch immer Abrechnungen auf, die nach dem Tod Madeleines zu Rückzahlungs-Forderungen werden könnten. Die Haltung *Le Prisonnier ne travaille pas* wäre, verfügte Gonzáles über den Geist eines Wucherers, der reine Selbsterhaltungstrieb, der verhindert, daß seine Gläubiger Kapital schlagen aus seiner ARBEIT. So verhalten sich heute Betrüger, denen der Fiskus jeden verdienten und deklarierten Pfennig abnehmen wird, wenn sie aus dem Gefängnis entlassen sind. Der Betrüger begnügt sich mit der Sozialhilfe und verdient schwarz in die eigene Tasche. Weder Krämer noch Betrüger noch Wucherer, partizipiert auch Gonzáles am Geist der Revolte. Der Dichter, dem man die Brotarbeit abverlangt – denn Dichtung ist keine Arbeit und Arbeitsverweigerung keine Lösung, oder will er den andern denn auf der Tasche liegen?, unterläuft die öffentliche Moral, indem er gleich erklärt: Le prisonnier ne travaille pas, und die Revolte in Permanenz gegen die Arbeits-Doktrin gilt ihm als (beschränkte) Freiheit. Er hatte sich in seinem Leben, auch von aufgeklärten Künstlern, die glaubten, der vernünftige Mensch sehe zu, daß er sich selbst erhalte, genügend Meinungen anhören müssen, auch das Wort Parasit war gefallen, auch, schon sein Vater sei ein Taugenichts gewesen ohne Erfolg, ein kleiner Lektor in einem unbedeutenden Verlag. Nur die beiden ausgebeuteten Frauen, Mutter und Schwester, vermerkten seine Erfolge bei der Kritik und ließen diskret seine Bücher herumliegen. Daß nie der Ernst des Lebens begänne: die Arbeit! Aber wer wollte wahrhaft darauf bestehen, daß der Gefangene nicht irgendwann entlassen wird – der Bastard, der Künstler, der Verbrecher und auch der Verliebte. Der Verliebte, der sich im Liebesglück verirrt und im Garten – für ewig – eingesperrt bleiben möchte. (Wenigstens für einen Sommer.) Der nicht arbeitet, sondern am Rand des Teiches sitzt und zu Füßen der Geliebten ihr Bild im Wasser beschwört: die Liebe und der Gefangene – beide arbeiten nicht. Zeit der Vergeudung. Der Subvention? Der geraubten Zeit, unproduktiv verausgabt.

(Dolores und Luis kannten Bataille.) Sie waren vorsichtig, der August war ihnen günstig, auch das Syndikat hatte geschlossen bis zur Rentrée. Diaz war mit Julio in Südamerika, bei den Verwandten. Sie verbrachten die Tage in seinem Garten, in seinem Haus. Sie schlichen sich heimlich hinter der Steinplatte, dem Rücken des Oger, in den Irrgarten und vertrieben sich manche Zeit, indem sie das *Bestiarium* Apollinaires ins Spanische übersetzten, die Strophe:

Ce chérubin dit la louange
Du paradis, où, près des anges,
Nous revivrons, mes chers amis,
Quand le bon Dieu l'aura permis.
Le Bœuf

Und als Dolores ein Zettelchen unter der Tür fand, denn sie brauchte auch Stunden des Alleinseins, wenn sie im kühlen Zimmer der Ersten Adresse nichts tat, auf dem Sofa lag und alles bedachte, glaubte sie in der ersten Minute, es sei ein Liebes-Poem, so vergessen hatte sie die Attacken-Flut der tierischen Blätter, die sie getauft hatte in *Miniaturen* und *Minotauren*, seitdem sie wußte, daß Luis vor dreißig Jahren mit solcher Prosa begonnen hatte, und rief ihn abwechselnd

Mino und Tauro, als wäre er Vater und Sohn in einem. Doch dann brach sie in Tränen aus und versteckte den störenden Text.

N° 26

Der gefangene Windhund

Es saß ein schönes schmales Windspiel in einem geschlossenen Garten.
Das Windspiel war kein Philosoph, der geschlossene Räume brauchte zur Arbeit – wie ein berühmter deutscher Philosoph, der den Krieg in einem Bunker überlebt und wie alle Philosophen auch im Krieg weiter geschrieben hatte, Sartre im Lager, Blumenberg im Bunker: *Die Sorge geht über den Fluß*. Aber Blumenberg konnte danach nie mehr in offenen Räumen philosophieren und verwandelte seine Arbeitszellen in Bunker, geschlossene Läden, vorgezogene Vorhänge, elektrisches Licht – oder Dunkel?
Das Windspiel, einst ein Philosoph, war von seiner Liebsten aus seinem Bunker gezogen und in ihren *hortus conclusus* gesperrt worden, wo er ihrer harren durfte. Der Wind spielte mit seinen Ohren, wenn er auf ihren Schritt wartete. Ein männlicher Geist, besiegt vom stets geschlossenen Liebesgärtchen. Vorsichtshalber hatte sie ihn in der Außenwelt für tot erklärt. So hatte er seinen Namen ab- und dafür ein vergoldetes Halsband umgelegt, auf dem sich wie auf einem griechischen Vasenfries Embleme wie Wind, Spiel, Liebe, gehortetes Liebesgärtchen abwechselten. Das Windspiel saß mit zierlichen Läufen im Garten, streifte wohl unter Rosenbüschen, erblickte wie der einsame junge Narziß sein Ge-

sicht im Spiegel des Weihers. Erblickte im Wasserspiegel das Laub der Bäume, die Wolken. Eine unbestimmte Sehnsucht zerrte an ihm wie eine lange Leine. Aber das Törchen blieb verschlossen. Im Spiegel zogen die Wolken. Er sah im Wasser die ziehenden Wolken ... *aber die Wolken.*

Und in der Nacht, als sie wieder in Luis' Haus lag und sein Haupt mit der langen Mähne sich über sie beugte und sie forschend im Dunkeln anblickte, sagte sie immer noch nichts von dem neuen Text – und auch das war vielleicht eine erste Untreue oder eine neue Verfolgung. Denn es war längst ein gewohnter Riß im Alltag der Cité und trotzdem ein neuer Kratzer im ungetrübten Spiegel ihres Glücks.

Die Speisen (die Reparationszahlungen) – sind sie lebendiges Fleisch und Blut, 14 Stück Jugend, jährlich vom Besiegten an die Siegermacht abgegeben? Wenn der Sürrealismus in den revolutionären Anfängen behauptete, die Grenze zwischen Kunst und Leben aufzuheben, hat er sich später mit der ästhetischen Revolution begnügen müssen, Traum, Droge, automatisches Schreiben, objet trouvé neu in der Kunst installiert zu haben. Das Insistieren auf der Aufhebung der Grenze führt zum radikalen Akt der (Selbst)Schlachtung – in Wahnsinn, Selbstmord und Mord. Die Verschiebung der Grenze hat gerade nichts mit der *Logik* des Traums zu tun – der surrealistisch hergestellte Traum speist sich weniger aus dem Wahn, der Methode hat, als aus der Installierung des Rätselhaften, Unerklärlichen, Unbekannten, Unheimlichen. (Psychoanalytische Muster, wie Hitchcock sie nutzt, haben diese Traumfabrikanten, die keine aufklärerischen Traumdeuter waren, nicht nötig.) Die andauernde Moderne, die so langweilig ist, weil das angeblich sich als GOTT setzende Genie nicht das WORT Fleisch werden läßt, muß sich noch immer mit dem Symbol und der Maske begnügen. Weder der eingesperrte noch der befreite Minotauros wird sich also vom Fleisch nähren, das man ihm ins Labyrinth schickt. Die langweilige Moderne, die Tagebuch, radikales Bekenntnis anstelle fiktiver Romane ins Zentrum stellen wollte, den Fetisch des Authentischen, brachte gleichzeitig Kritiker hervor, die den Autoren fiktiver Romane nachweisen, wie sehr sie ihr eigenes und das Leben anderer *ausschlachten*, und ihnen vorwerfen, aus Leben Literatur zu machen. Gleichzeitig verreißen sie die Literatur der Sprachspiele, denn sie wollen den Bezug zur (zeitgenössischen) Lebenspraxis. Der Literat als Vampir und Blutegel und Kannibale und Ausweider.

Auch Gonzáles war Kummer gewohnt. Die Kritik hatte bald in jenem Künstler, der sich in abstrakte Labyrinthe aus Sand versenkt, ein Alter ego des Autors erkennen wollen, dessen uneheliche Geburt, Aussetzung, Verleugnung und Ausschließung aus dem feinen Familien-Clan maskiert in dem Roman *Schwarze Spiegel im Labyrinth* aufgedeckt würden. Er hatte inzwischen an die zwanzig Bände, Romane und Erzählungen, veröffentlicht und sich, als Futter für die Kritiker und als Experiment, damit begnügt, den alten Roman von Zeit zu Zeit zu bearbeiten und dem eigenen Leben immer näher zu rücken. Und doch blieben jene Szenen, in denen er als Ich-Figur Stimmen der anderen auftreten läßt – Schlachtungen, Speisen? – neben der Ich-Figur, die aus Sand baut, den rieselnden Sand und die Zeit, die aus dem Labyrinth verbannt ist, feststellt wie die Sanduhren, die er dort einbaut, neben einem kleinen Buch über den Sand, in dem unleserlich ein kleiner Text steht, der in der Cité die nächste Nummer wurde:

N° 27

Kamel

Ein Kamel ging über einen Hügel. Einen Sandhügel – vom Wind verweht – in der Wüste.
Ein Kamel trug seinen Hügel durch die Wüste. Höcker, Hügel, Wasservorrat. Trug seine Oase, Zisterne, auf dem Rücken.
Ein Kamel trug seinen Hügel über einen Hügel. Als es den Hügel überquert hatte, war der Hügel verschwunden, der Sandhügel, Hügel aus Wüstensand. War der Höcker, Hügel, geschrumpft, verschwunden, Wasservorrat. Verschwundene Hügel, Fata Morganen der Wüste.

Sand aß der Künstler nicht. Hatte keinen Höcker, schrumpfte nicht in der Wüste. Es blieben die anderen Ich-Figuren, verdaute Speisen, verschlungene Geschichten der anderen, die erfunden sind.

»Ich traf ihn zum ersten Mal auf jenem Empfang in der Rue Jacob, als er mir vorgestellt wurde, ein dreiundzwanzigjähriger Autor mit einem Glas Campari in der Hand und langen schwarzen Haaren, und er sah meinem Bruder so ähnlich, daß ich fast laut gerufen hätte: Henri. Aber ich wußte, es war mein Sohn, und ich wußte von Madeleine, daß Louise ihn gründlich aufgeklärt und ihr selbst eine Predigt gehalten hatte, daß nach 68 alle Kinder gleich wären vor dem Gesetz und daß die Familien-Moral sie nicht interessiere. Ich wußte, daß er nie einen Versuch gemacht hatte, mich aufzusuchen oder seinen Vater kennenzulernen. Umgekehrt hatte ich nie den klassischen Versuch gemacht, mit dem Sohn umzugehen, ohne meine Identität zu lüften, indem ich mich als ein ferner Onkel, als interessierter Schwager seiner Beschützerin aufspielte. Ich blieb ein Junggeselle, auch nachdem ich Vater geworden war, meine Mentalität änderte sich nicht, ich war zum Vater nicht geboren, ich blieb, was Henri den Taugenichts nannte, ich lebte bescheiden in meiner Mansarden-Wohnung am Odéon, ich verwikkelte mich in romantische Liebesaffairen, ohne ein ausgemachter Schurke zu sein, mied ich Ehe und Familie wie die Pest, und die gesellschaftlichen Allüren meiner Verwandtschaft ödeten mich wenig an, wie in meiner Kindheit, da ich kaum mit ihnen verkehrte. Und die mythische Begegnung von Vater und Sohn verlief denkbar komisch. Wir stellten uns mit unseren Gläsern in eine Fensternische und Luis fragte mich, ob ich wisse, daß dieses Haus vor dem 2. Weltkrieg die legendäre Stätte gewesen sei, an der fast tout Paris verkehrt habe – außer Joyce, der sich mit seinen alten Ringen und dicken Brillengläsern von Djuna Barnes habe interviewen lassen im Café de Flore: nein, auf solchen mondänen Empfängen könne er nichts sehen, die Gläser beschlügen, weil so viele Leute im selben Raum atmeten, er sei ohnehin fast blind und beschäftigt mit seiner geliebten Tochter, die verrückt sei und in Beckett verliebt. Es sei das Haus einer reichen Bohèmienne gewesen, Nathalie Clifford-Barney, die ihren Ehrgeiz dareingesetzt hatte, zu ihrem Jour fixe alles zu empfangen, was in Mode war. Coco Chanel war da und Cocteau und Colette. Ich wußte es nicht, ich war seit je Pariser und vermutete, daß nur Ausländer Gesellschafts-Geschichten über legendäre Häuser in Paris läsen. Ja, sagte er, Ausländer war ich in gewissem Sinn, außer dem Blumen-Markt hinter dem Justiz-Palast bekam ich wenig zu sehen. Ich bin von Jesuiten erzogen, ferngehalten von den Verlokkungen der Straßen, so daß ich später, als ich im Quartier Latin wohnte, tonnenweise Bücher las über Paris und wie ein Tourist herumspazierte und alles ansah. Ob das Herumspazieren ein Erbteil sei, fragte ich und meinte zum Beispiel Nerval oder Aragon. Ja, sagte er, meine Mutter spazierte mit Leidenschaft, bis sie sich auf einem dieser Spaziergänge eine langwierige Geschichte zuzog. Sie mußte sich auskurieren, auf dem Land, aber den Leichtsinn, bei jedem Wetter spazierenzugehen, hat sie mir vererbt. Gott sei Dank, sagte ich mir, als ich gegangen war, gesegnet sei dieser Leichtsinn, der mir Unterhalts-Forderungen und Moral-Predigten erspart. Und ich ging in die Rue de Buci und trank dort am Zinc einen Armagnac, um mich davon zu erholen, daß ich einen Sohn getroffen hatte, der mich weder erschießen wollte noch zum Vater machen. Und ich kaufte mir sein Buch und fand, es hatte nicht die geringste Ähnlichkeit mit Personen, die ich kannte.«

Das Hochhaus, das ein Stück westlicher Grenze der Cité bildete, war in den Augen der alten Bewohner eine jener unheilbaren Wunden, die Profitgier dem Viertel geschlagen hatte. Mit etwas gutem Willen konnte man die Architektur als nordafrikanischen Kubismus bezeichnen wegen des hellen platten Steins und wegen des Aufbaus, auf dem die Dachterrassen untergebracht waren: gleich neben Moulin Rouge wuchsen einige Palmen aus dem achten Stock unmotiviert in den Himmel. Das Haus ähnelte jenen anfangs erwähnten Residenzen, die ihre serienmäßig hergestellte Eleganz durch ein verglastes Entrée, eine Halle mit Ledersofas präsentierten und über ein *Jardin* genanntes Rasenstück verfügten, in dem nachts grelle Strahler brannten, um Fassadenkletterer zu vertreiben. Ein Neugieriger, der sich durch den Durchgang gewagt hatte, um die Oasen der Rue Blanquette zu besichtigen, wurde von einer unwirschen Gardienne sofort vertrieben. Die Fassade einer gewissen Eleganz wäre sicher ein wenig haltbarer geworden, wäre die Wahl des Anstrichs der Fensterläden nicht auf die Farbe Naturholz verfallen. So wußte man nicht, hatte man es mit einem hypermodernen bayerischen Sanatorium oder einem Schweizer Versicherungsgebäude zu tun. Der Passant sah im Rez-de-Chaussée einen vorhanglosen Versammlungsraum – vielleicht war das Haus ein als Appartement-Haus getarntes Altersheim? –, in dem sich ärmlich gekleidete Bewohner herumdrückten. Vielleicht zahlten sie auch in diesem Büro ihre niedrige Miete für HLM, sozialen Wohnungsbau. Monsieur Dupoivre, der im dritten Stock wohnte, hätte es ihm sagen können: weder Altersheim noch Irrenanstalt, noch HLM – es war ein Appartement-Haus, das die Cité Lepic ersetzt hatte, eine Passage zwischen Rue Blanquette und Rue Lepic, die durch ein Gewirr von kleinen Atelierhäusern, Gärten und Schuppen ging, das Eldorado des Malervölkchens, das dort Kräuter zog und mit Montmartre-Anekdoten kochte. Das Terrain war leichtes Spiel für den Bauspekulanten: die kleinen Atelierhäuser standen weder unter Denkmalschutz noch konnten sie Geschäftsinteressen geltend machen wie zum Beispiel die enteigneten Einzelhändler der verschwundenen Passage de L'Opéra. In Aragons *Paysan de Paris* protestierten sie gegen große Häuser wie die Galéries Lafayette, denen ihre Läden zum Opfer fielen, wenn der ganze Block aufgekauft wurde. Der Protest hatte nichts genützt. Und die Maler, die man mit zwanzig-, dreißigtausend Francs abgefunden hatte, weil es in ihren Häusern zwar Katzen und Staffeleien und Kräutertöpfe, aber keine Bäder und keine Heizung gab? Sie mußten in die Vorstadt, in eine Künstler-Sozial-Wohnung oder in ein Dachzimmer, wenn sie im Quartier bleiben wollten. Immerhin wurden sie enteignet und nicht Opfer einer Brandstiftung, was sie in langwierige Versicherungsprozesse verwickelt hätte und den Enteignern die Sache erleichtert.

Ging man durch die Rue Blanquette, konnte man glauben, das Haus werde in erster Linie von älteren Frauen bewohnt: die bekannten Gesichter, die täglich in der Straße erschienen, führten ihre Hunde vor dem Haus auf und ab. Eine Dame, die auf hohen Pumps, im Regenmantel, mit onduliertem Silberhaar und braungeschminktem Gesicht an kurzer Leine einen Boxer hinter sich herzerrte, den vielleicht ihre bellende Stimme so böse gemacht hatte, daß er sich ihren Kasernenhofton angeeignet hatte und auch ohne Kommando über jeden herzufallen drohte. Er trug einen Maulkorb. Kurz darauf starb er, und sie legte sich einen schneeweißen sanften Labrador zu, der an ebenso kurzer Leine, rotes Wildleder, durch die Straße mußte. Eine andere, mit blonden Strähnchen, ging morgens im bodenlangen Morgenrock und in Pantoffeln aus, wenn ihre Promenadenmischung ihre Runde ohne Leine drehte. Abends sah man dieselbe Person geschminkt und in schwarzer Lackjacke im Café sitzen, in dem die junge Schickeria sich bis morgens herumtrieb. Noch eine Rothaarige, die in der Rue Lepic Mode verkaufte und die freundliche Tyrannei des Besitzers, der sein eigenes Modell war und gepunktete Fliegen in allen Regenbogenfarben vorführte sowie die neuesten italienischen Anzüge, am Abend wie in kleinen Tüten mit der Aufschrift der Boutique in ihre Küche trug, die immerhin den erholsamen Blick auf die Gärten der Cité hatte. Eine andere, eine Buchhändlerin, ohne Hund, aber mit Katze, eine deutsch-jüdische Emigrantin, die oft versonnen in die Cité blickte, als schriebe sie seit Jahren an einer Monographie über diese Künstler-Enklave. Ihr Fenster lag zwei Stockwerk hoch direkt über Gonzáles' Laube, und wenn sie den Buchladen im August geschlossen hatte, nicht in Ferien gefahren war und der Wind günstig stand, hätte sie ein ganzes Kapitel mit dem Geplauder des Schriftstellers als alternder Liebender mit seiner Geliebten füllen können. Über ihr wohnte Monsieur Dupoivre und unter ihr ein schwarzer Jazz-Musiker, der nie spielte, sondern bei warmem Wetter bei offenem Fenster Mozart-Platten hörte und in der Küche mit Kupfer-Kesseln klapperte. Monsieur Dupoivre führte den Hund seiner Frau aus, und es war möglich, daß diese langsamen Schnüffel-Spaziergänge ihm einen glänzenden Vorwand gaben für die Erkundung des sozialen Klimas um die Cité herum. Er machte seinen Abend-

Spaziergang, trank in dem Nachtcafé, in dem Gonzáles den Flieder gekauft hatte, den letzten Mirabellen-Schnaps, denn auch dies Café würde morgen für die letzte August-Woche schließen, als er auf dem Rückweg im unteren Stock ein erleuchtetes Zimmer sah, in dem eine Gruppe junger Leute, Weiße und Farbige mit vielen enggeflochtenen Zöpfchen auf dem Kopf, bei offenen Fenstern die Wände pinselten, während die ganze Gegend von Rap-Musik dröhnte. Es war das ebenerdige Eckzimmer, das zur anderen Seite auf das kaum benutzte Ende von Gonzáles' langem Garten-Schlauch ging. Sie tanzten und tranken, die Mädchen hatten grüne Gesichter wie die Farbe für die Balken, und ab und zu tat einer einen Pinselstrich. Dupoivre ging ins Haus und durch den langen Gang bis ans Ende. Hinter der Tür tobte die Musik. Auf dem Gang standen zwei große Maschinen, noch verpackt, wie man sie in Photo-Ateliers sieht. Er klingelte, und nach einer Weile kam jemand und öffnete. Hey Alter, sagte ein Mulatte mit langen Zöpfchen und rosa Schleifen, du bist der einzige ältere Jahrgang, der kommt. Die Wohnung gehörte jetzt einem jungen Paar mit Baby, und die Maschinen brauchte der junge Mann für seine Arbeit. Dupoivre witterte einen Trick, das Paar roch nach Flic. Sie trug lange glatte wasserstoffblonde Haare, Stil Sylvie Vartan, enge Jeans und gab sich cool, desinteressiert, als Dupoivre sagte, sie zögen zwar nicht nach Chinatown, aber nebenan sei der Teufel los, mit Kidnapping und Drohbriefen und Nerven-Krieg durch Flugblätter mit politischen Texten. Codes? fragte einer. Am laufenden Band? fragte ein anderer. Selbst wenn man wie die Alliierten vor der Landung an der französischen Küste Zeilen eines Verlaine-Gedichtes als Code benutze, selbst wenn die Texte verschlüsselte Botschaften enthielten, halte er es für wenig effektiv, im Lauf weniger Monate an die dreißig solcher Flugblätter zu verteilen, sagte Dupoivre. Im Grunde hätte Reklame genügt, um das Syndikat auf die Palme zu bringen, niemand liebe es, wenn Reklame den Briefkasten verstopfe. Nun sähen die Sendungen wie unfreiwillige Reklame für einen unbekannten Dichter aus. Leider stehe die Firma nicht auf den Zetteln. ›Sylvie Vartan‹ hatte einen Mann mit Baseball-Kappe auf dem Kopf, stolzer Vater des Babys und ebenso durchtrainiert, auf der Stelle dribbelnd und wachsam wie sie. Schon passiert, sagte er, wir haben heute, zum Empfang sozusagen, ein solches Flugblatt gefunden. Es lag neben dem Farbtopf auf der äußeren Fensterbank. Ich tippe, das Ganze ist das Werk eines beschäftigungslosen Psychopathen, der seinen Psychoterror mit poetischen Samthandschuhen servieren will, weil er Wert auf Stil legt. Es gibt nun mal Leute, die kein anderes Motiv haben – weder Geld noch Eifersucht, noch Rache – als die Lust, Leute sadistisch zu manipulieren. Nur wollen solche Leute meistens im Mittelpunkt stehen und verraten sich in dem Moment, in dem sie den Mittelpunkt des Rätsels selbst besetzen. Kennen Sie jemanden, der Affen hält? Und er gab Dupoivre das Blatt mit der

N° 28

Affe im Affenbrotbaum

Der letzte Affe verteidigte sein Refugium. Übriggeblieben aus einer Zeit, in der die Blaue Periode unter den Künstlern des Viertels wütete, aus einer Zeit, in der Varietékünstler sich Affen hielten und Tänzer Brieftauben, saß er in dem Affenbrotbaum, den der alte Zeichner Steinlen auf einem Plakat mit einer Werbung für den Jardin des Plantes verwendet hatte. Es war die Hochzeit der Lithographie, und Steinlen und Toulouse-Lautrec entwarfen die ersten Plakate: der eine mit tanzenden, Glieder verrenkenden Kuriositäten aus dem Cabaret, der andere, indem er zum Beispiel den Namen des berühmten Cabarets *Chat Noir* wörtlich nahm und einen phantastischen schwarzen Kater mit geringeltem Schwanz und erleuchteten Augen und leichtem Buckel enigmatisch ins rot-schwarze Bild setzte. Der Affenbrotbaum im Jardin des Plantes sollte die Kinder in die Vorführungen locken, sonntagsmorgens von 11-12 h. Vorführungen mit Panthern, Kamelen und Tigern. All diese Tiere waren längst aus Paris verschwunden und die Käfige verdreckt und verlassen bis auf einen Vogel Strauß, der unermüdlich hinter dem Parkgitter herumstolzierte und vor den Passanten auf dem Quai unverständliche Paraden vollführte ... ein blödes Relikt aus dem Zeitalter des Fortschritts, das sich wunderte, in die absolute Bedeutungslosigkeit abgesunken zu sein, seitdem Wissenschaft nicht mehr Natur verrechnet. Der Affe war alles andere als ein blödes Relikt. Wie die Mohren der Könige waren die Spielzeuge der Künstler seit je – auch als brotloser Luxus, denn Zirkustierchen von Schaustellern waren sie nicht – den Objekten der Forschung überlegen. Sie waren die andere Seite, das Alter ego der spielenden Künstler selbst – keine Versuchskaninchen. Mein Äffchen, mein Kätzchen – mochten die Künstler wohl zu sich sagen, wenn ihnen die Phantasie wieder unmenschliche Sprünge vorführte. Der Affe war ausgewachsen und verteidigte sein Refugium. Der Affenbrotbaum stand am Rand eines Weinbergs im Norden der Stadt, nicht weit entfernt von dem Museum, in dem das berühmte Plakat gezeigt wurde. Sein Gesicht war weiß wie Schnee und auch sein langer Schwanz zeigte

eine weiße Spitze. An Hunger schien er nicht zu leiden und brauchte den Spaßvogel nicht zu spielen, um seine Einnahmen aufzubessern. Ab und zu hörte man ihn im Gespräch mit dem Affenbrotbaum.
– In der Wüste der Stadt finde ich dennoch Wasser, sagte der Baum, und meine steifen Arme strecken sich noch immer gegen den Himmel wie eine Abendvorstellung.
– In der Wüste des Abends, sagte der Affe, hängt sich die Sonne in deine Zweige, ein glutroter Ball.

Als alle Bewohner der Cité zur Rentrée zurück waren, ihren Kindern neue Schulbücher und Wintermäntel kauften und das Holz für den Kamin bestellten, lag im Pavillon du Midi ein kleines Buch aus, hergestellt auf den Reproduktions-Maschinen des jungen Paares, es hieß Malet wie der berühmte Krimi-Autor, mit Schwarz-Weiß-Photos von Tier-Skulpturen der älteren und neueren Kunst und sämtlichen bisher gefundenen Texten. Kunst-Kollektiv-Cité-Des-Platanes zeichnete als Herausgeber und gab die Stücke als Fundstücke, objets trouvés aus, die ein gelenkter Zufall in ihre Mauern geweht habe.

Das Dachlabyrinth wurde zum neuen Nebenschauplatz in der Serie von Spuren und Schein-Indizien, die die Suche nach den Übeltätern der *Miniaturen* zum Irrweg machte. Obwohl das Syndikat den Fall bisher diskret behandelt hatte, wußten inzwischen zu viele Bewohner davon, als daß nicht in der Quartier-Zeitung *L'Ami de Montmartre* ein kleiner Artikel erschienen wäre: Dichter-Kollektiv treibt makabres Verwirrspiel in der Cité des Platanes. In dem Artikel stand auch, daß inzwischen Kriminal-Beamte in Zivil in die Cité eingeschleust waren, daß noch nicht geklärt sei, ob die scheinbare Gegenbande, die jungen Schwarz-Hemden, die aus dem Hintergrund die Kontrolle über die Cité übernehmen wollten, mit dem revolutionären Dichter-Kollektiv im Bunde sei. Auch nicht geklärt wären bisher die Beziehungen zu dem Atelier-Haus in der Rue Blanquette, auch dieses Haus mit vielen Künstler-Ateliers verfüge über genügend revolutionären Sprengsatz und Reproduktions-Maschinen, um im Kampf gegen die etablierte Bohème in der Cité mit von der Partie zu sein.

Auch Monsieur Dupoivre trieb sich weiter in den Concierge-Logen herum, inspizierte die kleinen Treppenverschläge, die Matratzen der Kinderwagen, die Fahrräder und die herumstehenden Einkaufstaschen auf Rädern. Die Liebhaber von *Faits-Divers* wären auf ihre Kosten gekommen. Aber Dupoivre war kein Journalist, und obwohl es eine Weile so schien, als hätte sich die weitere schöpferische Produktion der *Miniaturen* erschöpft, seit es das Buch gab, fand Dupoivre im Netz eines Kinder-Sport-Wagens einen Stapel mit

N° 29

Schwertfisch im Blau

Ein Schwertfisch stach in den unendlichen Ozean. Unendlich war das Blau, und die Ewigkeit rauschte ihm durch die Kiemen. Sein Mund war ohnehin stumm. Plötzlich wurde das Blau schwarz. Ein Tintenfisch hatte eine seiner Ejakulationen von sich gegeben. Wer hat die Unendlichkeit geschaffen – undurchbohrbar, so weit ich auch schwimme –, sagte der Tintenfisch. Gott oder der *Große Masturbator.*

Er hatte schnell herausgefunden, daß der Kinderwagen einer kleinen Familie im zweiten Stock des Zwischenhauses gehörte. Der junge Vater war oft unterwegs auf Geschäftsreisen, und die junge Mutter verbrachte ihre Tage mit ihren zwei Kindern, dem Sohn, der gerade laufen konnte, und der Tochter, die noch im Wagen saß. Sie hatte früher als Modell gearbeitet und ragte wie ein schmaler Stecken in modischen Klamotten den meisten Leuten über den Kopf. Sie hatte ein stilles, liebes Gesicht und, trotz ihrer auffälligen Kleidung mit Plateausohlen, Herren-Mänteln mit enger Taille und ausgestellten Zimmermanns-Hosen, lebte sie sehr für sich und grüßte nur freundlich. Es ist kaum zu glauben, auch sie trug die offenen Haare rot-gefärbt, und auch der aprikosenfarbene Pudel hatte einige henna-rote Flecken davongetragen. Dupoivre fand heraus, daß drei Mal in der Woche ein Baby-Sitter ins Haus kam, der nachmittags zwischen zwei und fünf die Kinder zu Hause hütete oder spazierenführte. Wenn morgens die Putzfrau kam, machte Elaine Richaud Einkäufe. Wenn nachmittags der Baby-Sitter kam, verschwand sie unauffindbar, bis Dupoivre dahinterkam, daß zur Wohnung unter dem Dach eine Chambre de Bonne gehörte, die die junge Frau für eigene Zwecke nutzte. Da unter dem Dach des Mittelhauses die großen verglasten Atelierwohnungen waren, gehörte dieses Dachzimmer nicht obligatorisch zu jeder Wohnung. Genau gesagt, gab es nur zwei Chambres de Bonne, und Madame Richaud hatte auch die zweite gekauft und die beiden Zimmer – für Dienstboten hatten solche Kammern zu 9,50 m^2 früher genügt – durch einen Wanddurchbruch miteinander verbunden. Sie zog sich also nachmittags für zwei bis drei Stunden dorthin zurück, während der Baby-Sitter Monsieur Dupoivre die Auskunft gab, Madame sei ausgegangen. Gymnastik, Massage, Englisch-Unterricht, Friseur, Café, Schaufensterbummel – es war ihre freie Zeit. Und pünktlich um 15 Uhr klingelte ein angegrauter Herr, der die Stufen nach oben mühelos bewältigt hatte, an der Zimmertür und wurde von einer Wolke schwarzen Tülls empfangen, denn Dupoivre hatte einen Blick in das Zimmer geworfen, als er sich mit Eimer und Schrubber als Vertretung des Concierge im Flur unter dem Dach herumtrieb. War er einer *Belle de Jour* auf der Spur, die ihre junge Ehe unberührt ließ von verbotenen Begierden der Freiheit und Erotik? Dupoivre vernahm weder, daß Peitschen knallten, noch daß sich ein Masochist unter Schreien auf dem Boden wälzte. Aber die Pantöffelchen mit Flaum, die Wolken von schwarzem Tüll, die sehr bleiche Haut, das sparsam möblierte Zimmer mit Récamier, zwei Louis-XVI-Sesseln, einem runden Marmortisch und einer Kommode, auf der zwei fünfarmige Bronze-Leuchter standen, sah er das nächste Mal, als der Besuch sich verabschiedete. Sie erhalten den Scheck Ende des Monats, sagte er, und Dupoivre stellte keine weiteren Vermutungen über Nebeneinkünfte junger Mütter an. Er wartete einige weitere Besuche ab, dann klingelte er, nachdem der grauhaarige Kunde die Tür hinter sich zugezogen hatte. Ein wenig in die Enge getrieben, gestand Elaine Richaud, daß sie weiter als Modell arbeite, im Augenblick für einen Photographen erotischer Kunst. Nein, keine Pornographie, dafür wäre der Boulevard unten geeigneter. Eher aseptische Collagen von Stoff, Möbel, Körper mit obszönen Gesten. Sie trüge auf diesen Photos meist ein Lorgnon vor den Augen, getönte kleine Gläser, Schlafmasken, so daß ihr Inkognito gewahrt bliebe. Sie saß, noch in ihrem durchsichtigen Tüll, auf dem Sofa, doch der Körper unter dem Stoff war so bleich und marmorn wie der Gabrielle d'Estrées auf dem Bild aus der Schule von Fontainebleau, aber ohne deren Frivolität, so daß Dupoivre nicht in Verlegenheit kam, und als sie zu frieren anfing, nahm sie einen Hausmantel aus Krawatten-Seide vom Haken und wirkte von hinten wie ein englischer Boy mit schulterlangen Haaren. Sie tranken auf artigste Weise einen Express zusammen und unterhielten sich über die Cité, das Syndikat und die *Miniaturen.* Es stimme, sie sei von einer Künstler-Gruppe gebeten worden, ein Auge zuzudrücken, wenn sie in ihrem Kinderwagen ein vorläufiges Depot für die Texte fände – sie wisse nicht genau, worum es ginge, sie glaube, es sei ein Krieg junger Künstler gegen die Arrivierten hier, eine Verhöhnung ihrer modernen Anfänge, und ein Krieg gegen das Syndikat, das diese Künstler unterstütze durch billige Mieten und günstige Kaufangebote, und gegen das schöngeistige Verlagshaus *Edition Quai d'Anjou* das auf der Auffahrt eine kleine Dépandance eigener Druckerei besitze. Das Verrückte sei, daß ausgerechnet dort bereits mehrere Bücher ihres Photographen erschienen wären, sie würde ihm gerne eins leihen, wenn er gelegentlich bei ihr unten vorbeikäme, er hieße Green, Théodore Green, und habe auch erotische Filme gedreht, die in der Jahres-Ausgabe von *Cinéma Erotique* einen Stern erhalten hätten. Sie wäre sicher, wenn diese revoltierende Künstler-Gruppe Wind davon bekäme, ritte sie wieder heimliche oder offene Attacken gegen die abgehobene erotische Kunst (spätbourgeoise Verfallserscheinung) und setze entweder ihre Spott-Imitationen dagegen oder eine Serie mit authentischem Anti-Kunst-Sex.

Monsieur Dupoivre war einiges gewohnt, Sohn und Schwiegertochter waren auch Künstler, die Pappmaché-Figuren, die auf dem Sommerfest ausgestellt waren, hatten ihn nur an die von Niki St.-Phalle erinnert, die im Brunnen vor dem Beaubourg standen, und er wußte, seine Kinder hätten gesagt: epigonal. Und er versprach, in den nächsten Tagen vorbeizukommen und sich ein Buch auszuleihen und ihr im Netz des Kinderwagens ein Blatt mit dem blauen Schwertfisch als Abendlektüre zurückzulassen.

Célibataire – der Junggeselle, der keinen Katechismus besaß, um fünfundzwanzig Gründe gegen die häusliche Verbindung mit dem weiblichen Geschlecht herunterzubeten, um seine Kunst frei von der Bedrohung durch Menstruationsbinden, tränenüberströmte Gesichter mit Rinnsalen aufgelöster Mascara, Topfgerüche nach Weinsaucen und Babywindeln zu halten, war im Augenblick Hahn im Korb, Vogel im Hanfsamen oder ... Es schien, als hätten sich die Frauen in der Cité wieder auf jene weiblichen Tugenden besonnen, die eine Weile von der feministischen Doktrin als weiblicher Opportunismus verpönt waren oder sogar als Untertanengeist diskriminiert, da sie den Helden die Wunden verbänden und ihre ramponierten EGOs aufbauten, als erfüllten sie damit oberste Pflichten. Seitdem durchgesickert war, daß jene frühen Prosastücke des jungen Gonzáles ausgegraben, reproduziert und durch zahlreiche Imitationen karikiert werden sollten, regnete es von allen Seiten Einladungen und Aufmerksamkeiten, hinter denen sich kaum der weibliche Teil der Haushalte verbarg. Die Präsidentin, die ihren eigenen Nachkömmling in den Fängen der Schwarz-Hemden sah, deren Ziel es war, die Gegner im Labyrinth so lange zu jagen, bis sie freiwillig das Feld räumten, hatte Gonzáles schon aus den Ferien schöne Ansichtskarten geschrieben, sie verbrachte den Sommer in ihrem Landhaus im Roussillon und kündigte an, daß sie im nächsten Sommer dort ein oder zwei Wochen für ihn reserviere. Dann gab sie einen kleinen Abend für Gonzáles, Louise de ... und Hikusai, den japanischen Künstler aus dem Atelier im Mittelhaus, der von Gonzáles nicht mit Flieder, sondern mit Blauem Heinrich, einem riesigen Strauß, ausgestattet wurde, es war Oktober und zufällig die Geburtstagsblume der Präsidentin. Hikusai, dessen Spezialität Kompositionen aus Glassäulen mit Wasserrinnsalen und -gerinnseln war, die man öffentlich im Garten des Palais Royal bewundern konnte, reagierte höflich und undurchdringlich auf den Charme von Louises Zigarettenspitze und auf ihre unverblümte Art, die sie sich nicht erst mit ihrem *de* zugelegt hatte, während des Diners ihre Schuhe abzustreifen oder ihre Ohrringe neben dem

Dessertteller abzulegen, weil sie sie kniffen. Oder erzählte, sie sei in einem Pamphlet von der Anti-Kunst-Truppe, die sich im Augenblick PORTE LIBRE nenne, als reiche Pritsche bezeichnet worden, die Gala-Tafeln photographiere. Als Antwort habe sie vorgeschlagen, passend zum Henry-Miller-Vokabular einmal mit der Pritsche bei Wepler Austern zu essen, aber anders als ihr Patron verschmähten sie hedonistische Orgien. Gonzáles erinnerte sich dunkel, daß auch er gewisse Einwände gegen reiche Frauen, Kunstmarkt und Mode hege und gehegt habe, aber auch gegen *Stille Tage in Clichy*, wenn die Wirklichkeit jener Tage nicht die verführte Lolita gewesen sei, sondern die reife Anaïs Nin, die sich eingebildet habe, erotische Freiheit durch ein sexuelles Abenteuer bewiesen zu haben, das sie wie jede brave Hausfrau vor ihrem Gatten verheimlichte, dem sie nicht nur das Geld für Henrys Unterstützung aus der Nase zog, sondern auch für den Psychoanalytiker, dem sie die Qualen ihrer Dreiecksbeziehungen im Reden absaß. Die Präsidentin hielt sich hervorragend – was auch immer sie im stillen von solchen Tischgesprächen halten mochte, der Abend wurde ein Erfolg, und sie fühlte sich nicht durch die Blume daran erinnert, daß auch sie … als Hausfrau, als ehrenamtliche Präsidentin gelten konnte, die eine alte und neue Vorliebe für die Künstler in ihrer Cité hatte. Hikusai wurde begleitet von einer jungen koreanischen Geliebten, die wenig sprach, aber desto mehr durch ihr Lotos-Blüten-Köpfchen beeindruckte, so daß alle vergaßen zu fragen, ob sie auch … Theater, Mode, Kunst … bis sie den Mund öffnete und Gonzáles fragte, ob die Opium-Höhlen von Montmartre ganz aus der Mode gekommen wären? Bevor sie nach Paris gekommen sei, habe sie viel darüber gelesen. Im Tordurchgang, sagte die Präsidentin an Gonzáles' Stelle, fänden sich ab und zu Spritzen von Drogensüchtigen – das sei alles. Die Droge habe mit der Mohnblüte ihre romantische Aura verloren. Zum Abschluß verlas sie einen kleinen neuen Text, von dem Gonzáles versicherte, er habe ihn nicht eigens für den Abend nachgedichtet, sondern die Nervensägen begriffen nicht, daß ihr Spiel aus sei, und hätten den Glaskasten zertrümmert und das Blatt hineingehängt.

N° 30

Elephant und Wärter

Ein Elephant ging im Kreis. Seine Säulenbeine gingen durch Sägespäne. Seine kleinen Augen spähten nur Netzwerk, Drahtmaschenzaun. Sein Rüssel hing gerade herunter. Kein Kind konnte sich freuen an lustigem Trompeten. Kein Urwald-, kein Dschungel-Baum, von dem er Bananen pflücken konnte.
Der Wärter brachte den Sack. Eher rupft sich ein Elephant – sagte er zum Wärter – einen Apfel vom Baume Europas, als daß er sich nährte von fernen Bananen-Bäumen im Sack. (Und er fraß.)

Dolores hielt sich hervorragend. Denn parallel zu solchen Abenden führte sie ihr eigenes Leben weiter – rief Emile zur Ordnung, holte Julio bei Luis ab, wenn er mit ihm einen Boxkampf besucht hatte, schrieb ihre *Fugen* und hatte mit Diaz verabredet, daß sie nächstes Jahr ein Haus an der Banlieue kaufen würden, mit eigenem Garten. Ob dieser Vorschlag nicht mehr guten Willlen in eine falsche Richtung verriet als sie vertreten konnte, bleibe dahingestellt. Zuweilen schoß ihr sogar, wenn sie an der Bar ein Chili zubereitete, die irrwitzige Idee durch den Kopf, für Diaz eine Vierte zu suchen, damit das Gleichgewicht wieder hergestellt wäre. Und sie beging den halsbrecherischen Versuch, auch sie, Luis zu einem Abend zu laden und, damit das Quartett komplett wäre, wie sie sagte, die junge Tochter

Monsieur Broukes dazu zu bitten, die an der École Normale Philosophie studierte. Sie saßen zu viert an der Bar, aßen mexikanische Chips, Avocados, rote Bohnen und Lamm und tranken allein zum Apéritif drei Cocktails aus Tequila und Limonen. Spätestens bei den roten Bohnen gingen die Männer zum Vornamen über und verwickelten sich in ein nicht enden wollendes Gespräch über Pinochets Urteil – Diaz, der ein scharfes Profil hatte, hörte auf den weichen Namen Pablo, der nach einem bunten Strohhut rief, nicht nach dem *Labyrinth der Einsamkeit*. Die Tafel teilte sich in Gespräch unter Männern und Schweigen unter Frauen, obwohl auch Dolores und Mademoiselle Brouke über Octavio Paz oder Unamuno hätten parlieren können. Zum Dessert, es gab Ananas, trafen sich die Gespräche wieder, und Mademoiselle Brouke gab die grausamen und die komischen Initiations-Riten unter den Studenten in der Ecole so drastisch zum besten, als habe sie von ihrem Vater die theatralische Sendung einstudiert bekommen. Das Irrenhaus Charenton mit de Sade als einsitzendem Patienten und die Opéra Comique mit der *Fledermaus* in einem. Diaz war begeistert, und kein Argwohn entstand, der betrogene Ehemann führe hinter der freundlichen Miene Mörderisches im Schild. Sie brachten, tief in der Nacht, Mademoiselle nach Hause, der besoffene Diaz, Pablo, verabschiedete sich mit achtfacher *Grande Bise* und ließ auf dem Rückweg ein Ständchen ab auf de Sade.

Doch wer von ihnen geglaubt hatte, die erotische Unruhe sei vertrieben durch den Versuch, Luis, der Julio und Dolores seit Monaten bei sich gewohnt war, als Hausfreund der Ersten Adresse zu installieren, mußte bereits am nächsten Tag seinen Irrtum einsehen. Nachmittags fand Dolores sich ein – und ohne daß man ihr Leichtfertigkeit unterstellen sollte, weil sie sich auch nach der Rückkehr des Gemahls ihre Liebesstunden mit Luis zur Gewohnheit werden ließ, schälte sie sich genauso schnell und lautlos aus ihren Kleidern und verschwieg wie vorher ihre Gedanken. So daß sich Luis manchmal fragte, warum sie nicht wie andere Frauen ihre P-r-o-b-l-e-m-e vor ihm ausbreite: die Ehe, das Kind, der Liebhaber, die Dichtung, das Geld, die Freiheit etc. Ihre Gespräche drehten sich immer um anderes und klammerten alles Persönliche aus, als wolle sie den Anfang im Irrgarten erhalten. Zustand des Vagen, in dem sich die Liebenden im klaren Spiegel des Weihers begegnen. (Sie hatte nichts Kindliches und ließ auch nicht, wie Madeleine mit Charles, Bötchen schwimmen auf einem Bassin, als habe man ihr zu früh die Spielstunden weggenommen.) Vielleicht wollte sie die Liebe als Zustand noch ein wenig erhalten – bevor sie zur *Beziehung* wurde –, so dachte Luis, obwohl er wußte, daß sie kaum Aussichten hatte. Denn solchen Lieben gewährt man nie lange Schonzeit, die Vorwürfe klopfen bald an, daß sie sich vor dem Alltag der Liebe drückten.

Die Grenze des Labyrinths verlief nach Norden durch das Haus an der Rue Véron, und sie wurde, wie der verdeckte Ausgang im Irrgarten, zur Grenze zwischen Leben und Tod. Architektonisch bildete der Pavillon du Midi den nördlichen Abschluß der Cité, ließ aber durch die Glastür zum Hof den nur für Eingeweihte bekannten Fluchtweg über das Haus in der Rue Véron. Ein Fluchtweg wie durch Kulissen, in denen Türen, Zwischenräume, Zwischenwände, Gänge und wieder Türen auftauchen. Im Zwischenhof zwischen den beiden Häusern hing immer noch der gelbe Schlauch am Kran, den die Concierge dort aufbewahrte, um nicht sein ganzes Gewicht jede Woche aus dem Schuppen neben der Porte Blanquette durch den Pavillon du Midi und die Treppe hoch schleifen zu müssen. Und nur der genaue Beobachter hätte jetzt bemerkt, daß das Endstück fehlte, mit dem der Wasserstrahl reguliert wurde, sanfter Streu-Regen oder harter Wasserwerfer. Die Concierge hatte den Schlauch aufgerollt, vor der Wand stand wie immer eine kleine Riege von kümmerlichen Topfpflanzen in Plastikuntersetzern, und die Wände dünsteten trotz der Bemühungen der Concierge einen schimmeligen Geruch aus, der der grünlichen Pilzfarbe, auf die kaum ein Sonnenstrahl fiel, entsprach. Hinter den Fensterluken zeigte sich wieder kein Gesicht, und doch schienen sie alle auf den Beobachter zu starren, der den Blick rundum über die Fassaden gleiten ließ, nach oben wandern, bis zu dem Fetzen regnerischen Himmels. Der Flüchtling, der tags zuvor durch den Hof entwichen war, mußte in der Nacht zurückgeschlichen sein und zwei Stücke des Schlauchs abgeschnitten haben. Dieses Mal passierte er den Hof nicht an einer gedankenverlorenen Concierge vorbei, Monsieur Alvarez hatte den bordeaux-roten Mantel gesehen und blieb ihm auf den Fersen. Seit das Bordeaux-Rot in der Cité als Signal für den Glaskasten-Täter galt, hatte sich herausgestellt, daß nicht nur die Bewohnerin des Hofzimmers und ihre Freundin, sondern auch Monsieur Brouke und die koreanische Freundin von Hikusai bordeaux-rote Mäntel trugen. Wie ein Vexierbild schwenkte Bordeaux-Rot vor Alvarez' Nase und war, wie immer, plötzlich verschwunden. Doch es war sicher, daß sich der Träger irgendwo im Haus Rue Véron versteckte, denn die Haustür war nicht ins Schloß gefallen. Und die Concierge hatte Muße, den neuen Text im kaputten Glaskasten zu studieren.

N° 31

Stacheltier mit Lilien

In den Nachrichten kam eine kurze Meldung, daß das Wappentier Ludwig XII aus seiner Emblemtafel geflohen sei. Die Tafel war über dem Tordurchgang zum Innenhof des Schlosses Blois angebracht und zeigte, kaum größer als ein Igel, ein kleines Stachelschwein mit schwerem goldenem Collier. Die halb aufgerichteten Stacheln umgaben den Körper wie Sonnenstrahlen und trugen eine Krone mit Bourbonen-Lilien. Die Bourbonen kamen zwar erst nach den Valois an die Macht, 1589 mit Henri IV, aber die Lilie findet sich auch schon auf mittelalterlichen Tapisserien. Der Wappenspruch dieses Tieres lautete: *Cominus et eminus*, und der Nachrichtensprecher las in heutiger Übersetzung vor: *Von nah und fern*. Das Stachelschwein war nun fern – vielleicht von Vandalen herausgebrochen, Nachfolgern der katholischen Liga unter dem Duc de Guise, der in Blois sechzehn Jahre nach der Bartholomäusnacht und dem Massenmord unter den Protestanten sein Ende gefunden hatte. Aber die Nachrichten sprachen von Flucht. Als hätte das Stachelschwein knapp fünfhundert Jahre später das Gefängnis der Repräsentanz satt gehabt – die Tafel zu sprengen, die es festhielt, mochte weniger schwierig gewesen sein, als sich aus einer Rüstung oder einem Korsett zu schälen. Es war fort, und da es, wie alle Embleme, nicht lebensecht und lebensgroß war, sondern im Maßstab en miniature, mußte man sich Sorgen machen, ob es nicht – wie ein entlaufener Igel – in die Loire gefallen oder von einem Auto auf der Uferstraße am Fluß überfahren worden sei. Denn daß es das Schwein zum Fluß gezogen hatte, stand außer Frage, und ein paar alte Rentner, die ihrer Jugend auf den Bänken am Quai nachtrauerten, wollten es denn auch unter Platanen gesehen haben, nur daß es auf seinen Stacheln jetzt einen Bund blühender weißer Lilien getragen habe. Dieses goldene Stachelschwein war sicher eine verschlüsselte Huldigung an die Geliebte des Königs, sagten sie, die ihre Stacheln solange aufgerichtet ließ, bis er sein Werben aufgab und ihr zum Zeichen seiner Anerkennung ihrer Jungfräulichkeit jeden Morgen aus den königlichen Gärten die frischesten Blüten der Jungfrau schickte. Auch königliche Geliebte waren wie die Mädchen in unserer Jugend, sagten die Alten und spannen ihre Legenden fort. Und in den Patisserien konnte man zu Drei Königen eine Galette sehen, auf deren Boden ein künstliches Stachelschwein stand, das die vergoldete Pappkrone trug, die sonst die Galette mit Bourbonen-Lilien schmückte. Heimliche Rückkehr der Liga?

Sie hatten eine Delegation gebildet, Dupoivre, Alvarez und Frau, und hatten das ganze Haus durchgekämmt. Natürlich waren eine Menge Bewohner nicht zu Hause, und sie hatten die Fortsetzung der Enquête auf den nächsten Tag verschoben. Am nächsten Tag hatte ein Hausbewohner die mittlere Wohnungstür im vierten Stock angelehnt gefunden, und an das Holz genagelt, wie ein ausgeweidetes Schlachtvieh, war das blutverschmierte Bild eines aufgeschlitzten Stiers, auf eine große Pappe gemalt. Innereien hingen ihm aus dem offenen Kadaver, grüne Nieren, gelbe Leber, violettes Herz, rosa Lungen, und tief im Krater des Bauches steckte ein Haken, gebogen wie sein eigenes Horn, das sich durchs Fleisch bohrte. Die Haut franste in Fetzen ab an den Rändern der Öffnung, und unter der blutverschmierten Kruste, die das ganze Bild bedeckte, las man Druckbuchstaben, wie von jener alten Schreibmaschine, auf der *Minotauren* geschrieben waren: D R TRA M es INOT UROS. Dupoivre übersetzte später dieses Fragment als DER TRAUM DES MINOTAUROS. In der Wohnung standen die Fenster weit offen, ein regnerischer Wind hatte die leeren Wände bereits ausgekühlt, und der Blick aus den Fenstern ging auf die kleine Straße, deren Restaurants noch geschlossen waren, und auf die Decken und Matratzen, die aus den Fenstern des *Hôtel Orient* zum Lüften über der Straße hingen. Das orientalische Mosaik aus hellblauen und goldenen Steinchen in den Fensterfriesen blinkte in der unscheinbaren Straße wie der versteckte Hinweis auf ein afrikanisches Bordell, in dem man weit eher einen Liebes- und Ritual-Mord vermutet hätte, der kaum nach draußen gedrungen wäre. Doch es war kein Mord. Die Wohnung war fast leer, als sei ihr Bewohner schon ausgezogen oder leiste sich ein billiges Versteck. Der Tote lag ertrunken in der Badewanne, Hände und Füße mit einem Stück gelben Schlauchs gefesselt, und auf der Ablage vor dem Spiegel lag ein großer verschlossener Umschlag, der adressiert war an Luis Gonzáles, Maison des Erables. Er enthielt ein Tagebuch, in dem, neben Zeichnungen von ausgeweideten Kadavern, in fragmentarischen Notizen die Aktionen der Gruppe *Porte Libre* aufgezeichnet waren, zuweilen nannte sie sich auch *Cave Blanche* oder MUR ROUGE, vielleicht ein Grund, warum nirgends ein Siegel der Täter vermerkt war, sie wechselten zwischen mehreren Identitäten und hatten ihren wechselnden Hauptsitz im Gegenlabyrinth hinter der Mauer. Der unblutige Witz ihrer Imitationen von Gonzáles' Dichtungen als junger Stier stand in unglaublichem Widerspruch zu dem blutigen Ernst ihrer unterirdischen Rituale, als hätte einmal eine Künstlergruppe versucht, mit der paranoischen Situation ernst zu machen, in der poetische Frivolität und politischer Ausnahmezustand aufeinanderprallten. Auch das Journal war voll von pädagogischen und tugendhaften Fingerzeigen, daß das Ernst-Machen mit der Identität von Kunst und Leben im Tod ende. Der Selbstmörder hatte alle paar Seiten Zeigefinger gemalt wie Verkehrszeichen: färbt die Kunst sich rot, leuchtet bald der Tod. Dann wieder strotzten sie vor Details aus den Einführungssitzungen im Keller, in denen die Mitglieder unter Plastiktüten gesetzt wurden und Atemproben gegen das Abschneiden der Luft geben mußten. Sie hofften, je mehr Mitglieder sie anwerben könnten, desto sicherer sei auf Dauer der Sieg gegen die satte und fettbäuchige Bourgeoisie, die bei Austern und Weißwein täglich die Grenze zwischen Kunst und Leben feierte. Es war auch von einem Mahl im eigenen Stil die Rede, das am Ende der Aktion stattfinden solle. Auf der Tafel sollten Armeen von schwarzen Stierfiguren stehen, aus Eisen, und in Terrinen sollte das *Bœuf à la mode* schwimmen in blutiger Sauce, das Gonzáles so gut zu bereiten wisse – der *Cadavre Exquis*, der mitsamt seinen schwarzen Spiegeln und Labyrinthen in den Orkus, die Unterwelt oder den Rachen des Oger geworfen würde.

Hatten sie sich gehütet, den Mord an Gonzáles in diesem Programm anzukündigen? Für den Fall, ihre Listen mit Todeskandidaten würden zu früh gefunden? Gonzáles versuchte, seinen eigenen Tod im *Bœuf à la mode* als den Versuch auf den blutigen Witz zu lesen, nach all den Imitationen des heiteren Witzes, der ihnen zu philosophisch erschien. Es lebe der AKTIONISMUS. Unsere Speisen sind Stierblut und Hoden. Es wollte ihm nicht gelingen, auch wenn er den Toten in seiner Wanne selbst nicht gesehen hatte. Der dem Wahn ein letztes radikales Exempel gesetzt hatte? Ihm zur Feier? Oder den Tod vorzog den weiteren Schwarzen Aktionen, die bei Blechklängen den Mitgliedern Ketten aus Angst und Terror anlegten. Es wollte ihm nicht gelingen, die Vorstellung zu verdrängen, daß er gelegentlich als zerstückeltes Ragout in einer Terrine schwimmen sollte – doch die Phantasie glitt ihm immer wieder aus auf dem Glatteis der Kunst: vielleicht läge sein Körper unter einer Papier-Manschette, auf der das legendäre Mahl der Surrealisten verzeichnet wäre, die aus Anatole France' blumigen Phrasen anstelle eines Sarkophags im Pantheon einen *Cadavre Exquis* gebaut hatten. Es wollte ihm nicht gelingen, und wenn er durch die Cité ging und die Concierge sah, die wie immer die Wege spritzte und kleine Wassersprenger am Schlauch montierte, um die Büsche in den Gärten zu wässern, fragte er sich, was noch zu retten sei. Sie wässerte vielleicht ein oder mehrere Kellerfenster zu lange, und die Löcher unter den Gittern davor. Bis auch nach oben die Nachricht gedrungen wäre, daß ein oder zwei Keller unter Wasser ständen. Und im Traum sah er Dolores, die tot im Weiher des Irrgartens schwamm, der so flach war, daß nie ein Kind dort ertrinken würde. Dann schwamm sie in seiner Wanne, geschmückt mit den Sternenblumen im Haar und dem Kleid mit den elisabethanisch gebauschten Ärmeln, die im Wasser gebläht waren wie eine Leiche. Körper-Fregatte, geblähte Segel, den Stoff-Leib voll Wasser. Der Gegensatz zwischen Liebe als Zustand und Liebe als Alltag ist nicht auszuhalten, sagte die blasse Leiche im Traum, genausowenig wie der zwischen Leben und Kunst.

Die Bibel des Minotauros liegt in einer gläsernen Halle, die Gonzáles, mit einer Stechkarte versehen, betritt. Sie liegt aufgeschlagen auf dem Tisch in der Mitte, und Gonzáles könnte wissen, daß er das Buch wie sein Haus begehen könnte. Aber er erinnert sich nicht und wundert sich, daß dies Glashaus wie ein Aufzug funktioniert, der auf und ab fährt – in die Tiefe in den Hügel von Montmartre und in die Höhe als Fassaden-Aufzug des Hochhauses aus Nordafrika. Er geht durch das Haus und fängt mit dem Zimmer rechts neben der Halle an. Auf Schritt und Tritt spürt er die lautlose Vibration des Aufzug-Motors. Das Zimmer ist wie ein Œuf en gelée, es riecht nach nichts, aber das Gelée ist wie die Fenster von Madeira gefärbt. Das gegenüberliegende linke Zimmer ist Forelle in Aspik und heißt Hochzeitstörtchen. Auch hier sind die Fenster undurchsichtig und von der Farbe gelben Haute-Sauternes. Einige Dillstengel sind die Wintergarten-Palmen und nirgendwo steht geschrieben: Nicht genießbar. Die Defloration findet im Keller statt: die Streifen auf den Matratzen sind eine rot-weiße Terrine aus Tomaten und Mozzarella. Dolores' Stimme kommt aus der Wand: heute gibt es nur hors d'œuvres! In der Bibliothek steht ein Geometer, das Jacques Tati gewidmet ist: der Boden ist mit Büchern ausgelegt, die auf Millimeter-Karrees zurechtgeschnitten sind. Im Ball-Saal steht eine deckenhohe Ravioli-Torte, wie sie zur Hochzeit in Lampedusas *Leopard* gegessen wurde. Auf der Galerie liegen Gips-Köpfe herum wie in *Malperthuis*, über die ein junger Mann stolpert im Dämmerlicht, der seine Geliebte sucht. Im Ankleidezimmer hängen Mailänder Fliegen von der Decke herab, als Veilchenpastillen zu essen, zum Trost für die Duse in Asolo, nachdem D'Annunzio sie verließ. Im Innenhof krächzt Jarys *König Ubu* und versucht, seine Diktatur in der Cité neu auszurufen. Im Bad ist alles ausgepflastert mit schwarzen Spiegeln, in denen die wahre Lebensgeschichte des Luis Gonzáles zu lesen ist. Er geht als Célibataire durch sein Haus, das er nicht erkennt. Auf dem Flur sieht er sein Ahnenbild: des Esseintes, der in grauem Frack und mit gelber Nelke Salomé seine Referenz erweist. Er streckt die Nelke hin zu ihr, geblendet von so viel Nacktheit. Der Maler verbeugt sich, er steht außerhalb des Bildes, wie ein Reporter, der nicht im Bild erscheint, nur der Interviewte. Er ritzt mit Meißeln und Nadeln Arabesken ein in Salomés nackte Haut und sagt, es ist noch viel zu tun. Salomé verliert keinen Tropfen Blut. In der Küche ist gar kein Durchkommen: ein Raum wie ein Körper von Arcimboldo, aufeinandergetürmte Froschschenkel. Im Speisezimmer steht eine leere Tafel. DER KANNIBALISMUS IST DER LETZTE SCHREI DER NICHT SCHREIT. Im Schlafzimmer liegen tote Gänse herum, ihre Federn streuen sich über das Bett. Auf dem Toilettentisch hat sich die letzte fette Wachtel versteckt, knusprig und nach Thymian duftend. Gonzáles streckt seine Hand aus, doch die Wachtel läßt sich nicht von der Platte lösen. In der Schrekkenskammer sitzt seine Schwester und strickt im Finstern einen Schal für ihn aus dem gelben Schlauch. Im Musikzimmer rollen Noten über die Tasten des Flügels wie Pfefferminzpillen. Das Thermometer steckt dem Klavierstuhl zwischen Sitz und Gestell. Im Salon stockt der Aufzug einen Moment – auf dem Sofa liegt eine Gitarre, die die Rückenansicht von Dolores imitiert. Auf der Treppe sitzt ein Clochard und raucht eine echte Zigarette. Gonzáles setzt sich zu ihm und fragt, ob er glaubt, daß Dolores hier eingezogen sei. Sie füttert die Brieftauben im Dach mit Marzipan, sagt der Clochard, und der Aufzug setzt sich nach oben in Bewegung. Die Brieftauben haben Koffer voll Post abgestellt, es sind alle Briefe, die Gonzáles je erhalten hat. In einem Lehnstuhl an der Dachluke sitzt Monsieur Teste und liest: die eigene Gesellschaft genügt mir seit zwanzig Jahren, um mein Schweigen zu füttern. Im Innendeckel des Buches steckt eine Photographie von Valéry: er trägt eine Fliege mit Punkten. Tati telephoniert herauf durch das Haustelephon und sagt, das Haus wäre unverdaubar und für einen Dichter zu kulinarisch. In Montmartre ernähre man sich von Boudin-Noir und Tarte Normande. Und Dichter äßen auch im Jahr mit drei Nullen nichts. Von der Luft und von der Liebe gelange nichts durch die Gelée-Fenster, die sich nicht öffnen ließen wie in klimatisierten Zügen. Auf der Treppe begegnet Gonzáles einer Serie seiner selbst in verschiedenen Aufzügen, die alle die schwarze Haut des Stiers variieren. Was für ein Aufzug – Aufzug? Dolores steht als seine Witwe auf dem oberen Treppenabsatz und trägt zum schwarzen Kleid mit Schlangenrüsche ein Buch über den Schmerz. Im Gästezimmer platzt dem Vater Batailles die Blase wie ein vom Horn des Stiers ausgestochenes Auge, das ausläuft. Bataille sitzt in der Ecke und behauptet, Stierhoden zu essen. Es ist aber gelber, runder Munster-Käse. Er verdreht die Augen nach oben und sagt: am Himmel schreibt der Kondensstreifen THANATOGRAPHIE. Border-Lines – ein Flug nach Montmartre. In der Gymnastikkammer rieselt aus Lichtstrahlern Musik von den STONES. Die Barren tragen Hochzeitskleider. Die Körper zu den Kleidern stehen als Schneiderpuppen in der Ecke zusammengedrängt. Im Weinkeller liegt das Dienerpaar und zitiert aus dem Wörterbuch der Psychoanalyse. Sie sind die Treppe herabgefallen, Koitus interruptus, und halten sich die Seiten bei dem Abschnitt: GLAS – GLASKLIRREN – GLASHAUS. Gonzáles verabschiedet sich und bietet ihnen einen Pomérol Jahrgang 49 an. Einige Maler stehen auf dem Glasdach und malen die bunten Ziegel eines *Hôtel Dieu* auf. Durch das noch offene Loch sieht man Dolores, aus ihren Kleidern geschält, auf Gonzáles' Bett sitzen, auf dem Kopf einen Kranz von See-Rosen. Julio steht in der Ecke an einem Pult und verfertigt eine Miniatur: *Der Schwarze Bulle.* Er behauptet, man müsse die Literatur mit Röntgenstrahlen ihrer Morde überführen. Durch die Tür zum Ankleidezimmer sieht man den Mann in Melone und grauem Mantel, der das Grammophon ankurbelt. Der Mörder lauscht den Tönen, die aus der Muschel kommen, und hat die Leiche der Frau vergessen, die auf dem Stummen Diener hängt. Der Waechter mit Hund rasselt mit den Handschellen. Er kommt aus dem Keller. Im Innenhof, Patio, Arena findet der letzte Stierkampf statt. Dolores flirtet mit dem Torero. Es ist Dupoivre. Das Hündchen sitzt auf dem Mäuerchen und bellt das Kostüm seines Herrn an. Der Stier dreht sich auf den Hinterfüßen und stirbt den *Tod am Nachmittag.* Diaz winkt Gonzáles in ein dunkles Gewirr von Gängen. Aus den Wänden surrt die Filmrolle und die Bilder aus Kreta belegen den Reisefilm. Diaz trägt eine Kamera. Er hebt sie ans Auge und schießt auf Gonzáles. Das Bild steckt er Dolores an ihren Hut. Du kannst ihn dir an den Hut stecken, sagt er und ißt eine von den Veilchen-Fliegen-Pastillen, die er aus seiner Brusttasche fischt. Dolores läßt sich das Bild vergrößern und fährt mit dem zuckerhutgroßen Bild auf dem Kopf in die Höhe. Louise hebt den gefallenen Luis auf, der in den Gängen unten das Bewußtsein verloren hat. Sie hält ihm ein Fläschchen unter die Nase – alles duftet nach Hyazinthen: JE REVIENS. Im tiefsten Gewölbe gibt es ein Loch, mit Wasser angefüllt, seit Jahrhunderten. Der Spiegel ist völlig verschlammt. An seinen Ufern sitzt klagend die Mutter, die Greisin, die Charles und Henri verwechselt und abwechselnd zu ihnen beiden sagt – sie sind unsichtbar, es ist niemand da –: du bist der Vater. Julio streckt seinen Kopf aus einem Gang und fragt die Alte: wo hast du die Zeitschriften versteckt? Im Salon, sagt sie, im Sofa, es hat einen doppelten Boden. Julio fährt nach oben. Er trägt eine runde Brille. Warum liest du nicht aus deinem Haus, fragt er Luis streng. Wer nie eine Analyse gemacht hat, darf nur aus Glashäusern lesen, doziert er. Die Halle ist leer. Die Bibel ist verschwunden. Jemand hat sie gestohlen. Es heißt, in der *Edition Quai d'Anjou* wären die Angestellten verpflichtet, Stechkarten zu benutzen. Auf einem silbernen Tablett stehen kleine Blätterteig-Schnecken bereit zum Empfang. Daneben liegt eine Einladungskarte. Im Glaskasten-Haus hängt der Anschlag des heutigen Tages.

N° 32

Gold in den Stacheln

Im Viertel der Psychoanalytiker fand sich ein Igel, der mit angelegtem Stachelkleid über den Boulevard Raspail kroch. Ein Analytiker, der im vierten Stock des Hauses neben der Alliance Française wohnte, nahm ihn auf und mit in seine Wohnung. Sicher hat ihn eine der Schülerinnen verloren, die nebenan Französisch lernen, sagte er sich und richtete dem Igel auf dem Balkon einen Karton mit Blumenerde ein. Er hatte einige Tage zuvor einen Oleander im

Kübel gekauft, und der Händler hatte Erde und Torf mitgeliefert. Das Lärmen der Schülerinnen im Hof machte ihn oft cholerisch, aber er ging hinunter und hängte einen Zettel ans Schwarze Brett in der Halle: Entlaufener Igel gefunden. Bei Abholung ist der Tribut von zehn analytischen Sitzungen zu entrichten.
Es war der Tag, an dem sich eine seiner älteren Patientinnen entschloß, sich ihm hinzugeben. Sie klingelte an seiner Tür, ohne angemeldet zu sein, und er öffnete, weil er die Besitzerin des Igels erwartete. Im Handumdrehen lagen sie auf dem Diwan, und nach der obligatorischen Dreiviertelstunde sah man eine noch gerade junge Frau mit aufgelösten langen Haaren nackt auf den Balkon treten und auf den Boulevard blikken. Weißt du, was dieses Stachelschwein bedeutet, sagte sie. Es ist das Emblem unseres ersten Tages. Sie fand im Karton einen goldenen Reifen, der war dem Igel vielleicht aus dem Stachelkleid gefallen, als er die Stacheln aufstellte. Sie steckte ihn auf den Zeigefinger und unterhielt den Psychoanalytiker mit ihrer mathematisch geordneten Szenenfolge aus der Vorgeschichte des Minotauros.

I Europa und der Stier. Zeus verwandelt sich in einen *weißen* Stier und trägt Europa nach Kreta, wo sie Minos zeugen, den König von Kreta. Der Name Minos heißt: Sohn eines Stiers.

II Minos verbindet sich mit Pasiphaë, einer Tochter des Sonnengottes.

III Pasiphaë entbrennt in rasender Leidenschaft zu einem geheimnisvollen Stier. Er ist *schwarz*. Ein Geschenk Poseidons an Minos, der ihn opfern sollte. Gesetz der Vertauschung, das die Tragödie einleitet: Minos behält den Stier und opfert einen anderen aus der Herde.

IV Daedalos umkleidet Pasiphaë mit der Gestalt einer künstlichen Kuh, so daß der Stier sie besteigen kann.

V Stier und Pasiphaë zeugen Minotauros. Halb Mensch. Halb Stier. Der Name bedeutet: Sohn des Minos.

VI Gesetz der Aussetzung, der Gefangensetzung, das die Tragödie fortschreiten läßt: Daedalos legt einen Irrgarten an, das Labyrinth, in dem Minotauros von Minos gefangengehalten wird.

VII Daedalos versucht, von Kreta zu fliehen. Sein Sohn Ikaros verbrennt seine Wachsflügel in den Fängen des Sonnengottes und stürzt ins Meer.

Der Psychoanalytiker schrieb an einem Text: *Miniatur der Begierden, Minotauren im Labyrinth.* Er machte sich Notizen, als es zum zweiten Mal an der Tür klingelte. Seine Nachmittagsgeliebte verschwand im Bad. Diesmal wird der Igel abgeholt, sagte er sich. Igel oder Stachelschwein? Weißt du, was das bedeutet? Vor der Tür stand eine unscheinbare graue Maus. Kein vielversprechendes Abenteuer. Gesetz des Verlusts und des Raubes, das die Tragödie fortschreiten läßt. Eine neue *Verwicklung* des Fadens, der doch herausführen sollte. Es fehlt der Reifen, sagte die Abholerin. Er steckte versteckt unter den Stacheln.

INHALT